EL FUTURO EN UNA PROMESA
ANNIE WEST

Editado por Harlequin Ibérica.
Una división de HarperCollins Ibérica, S.A.
Núñez de Balboa, 56
28001 Madrid

© 2016 Annie West
© 2017 Harlequin Ibérica, una división de HarperCollins Ibérica, S.A.
El futuro en una promesa, n.º 2551 - 14.6.17
Título original: A Vow to Secure His Legacy
Publicada originalmente por Mills & Boon®, Ltd., Londres.

I.S.B.N.: 978-84-687-9547-8
Depósito legal: M-10109-2017
Impresión en CPI (Barcelona)
Fecha impresion para Argentina: 11.12.17
Distribuidor exclusivo para España: LOGISTA
Distribuidores para México: CODIPLYRSA y Despacho Flores
Distribuidores para Argentina: Interior, DGP, S.A. Alvarado 2118.
Cap. Fed./Buenos Aires y Gran Buenos Aires, VACCARO HNOS.

Prólogo

IMOGEN! ¡Qué sorpresa! –exclamó la recepcionista–. No esperaba volver a verte.

Su sonrisa se desdibujó.

–Siento mucho lo de tu madre –añadió tras un instante.

Habían pasado ya cuatro meses, pero, aun así, sus palabras despertaron el dolor como si hubiera presionado sobre una herida que aún no se había curado.

–Gracias, Krissy.

El personal de la clínica se había portado maravillosamente bien con ella y con su madre.

Miró a su alrededor, a aquella sala tan familiar para ella, con sus paredes verdemar y sus brillantes gerberas en el jarrón, llena de gente que parecía estar centrada en la lectura, pero cuya aparente inmovilidad solo ocultaba un estado de alerta, un intento desesperado de fingir que todo iba a salir bien, que las noticias que recibirían del médico iban a ser buenas a pesar de que el profesional que pasaba consulta allí se ocupaba de los casos más desesperados.

Sintió un escalofrío recorrerle la espalda y una sensación de náusea subirle desde el estómago.

–¿Qué te trae por aquí? –preguntó Krissy–. ¿Tanto te gusta nuestra compañía que no puedes dejar de venir?

Imogen fue a contestar, pero no salieron palabras de su garganta.

–¡Krissy! –era Ruby, la recepcionista de más edad, que salía de una sala contigua. Su expresión era de serenidad. Solo la mirada compasiva de sus ojos oscuros revelaba algo–. La señora Holgate tiene cita.

Oyó que Krissy contenía el aliento y, a continuación, el ruido de la grapadora al escapársele de las manos y caer sobre la mesa.

–Siéntese, por favor, señora Holgate. El doctor lleva hoy un poco de retraso. Una intervención ha durado más de lo que estaba previsto, pero no tardará en verla.

–Gracias.

Imogen se dio la vuelta tras dedicarle a Krissy una mínima sonrisa. No podía mirarla a los ojos. No podía enfrentarse al horror que había visto en ellos. Quizás fuera el reflejo de lo que había en los suyos propios.

Llevaba semanas diciéndose que era cosa de su imaginación, que los síntomas desaparecerían, pero solo pudo mantener la farsa hasta el día en que su médico de familia, mirándola fijamente a los ojos, le dijo que iba a pedir unas pruebas. Después la había derivado al mismo especialista que había intentado salvar a su madre cuando precisamente aquellos mismos síntomas comenzaron a aparecer.

Se había pasado toda la semana esperando recibir un mensaje de su médico de familia en el que le dijera que los resultados de las pruebas habían sido buenos, pero no había recibido nada. Ni mensaje. Ni explicación. Ni las tan ansiadas buenas noticias.

Tragó saliva y cruzó la sala para sentarse en una silla desde la que poder ver el brillante sol de la mañana de Sídney, en lugar del mostrador de recepción.

El orgullo la empujó a jugar a aquel juego y a ocultar su miedo tras una fachada de normalidad. Tomó una revista sin mirar la portada. Daba igual, porque no se iba a enterar de lo que leyera. Estaba demasiado ocupada mentalmente catalogando las razones por las que aquello no podía terminar bien.

Un año antes habría sido capaz de creer que todo iba a salir bien.

Pero habían pasado demasiadas cosas en el año de su veinticinco cumpleaños para dejarse llevar por la complacencia. El mundo había girado sobre su eje, demostrándole una vez más y, como ya había hecho en su infancia, que nada era seguro, que no se podía dar nada por sentado.

Hacía nueve meses que había recibido la noticia de que su hermana gemela, la vivaracha y vital Isabelle, había muerto. Su hermana, que había saltado en paracaídas, descendido en aguas bravas y viajado de mochilera por África, había sido atropellada en una calle de París mientras iba de camino al trabajo. Su hermana, que siempre la acusaba de ser demasiado conservadora, habiendo todo un mundo ahí fuera por explorar y disfrutar.

Poco después había llegado el diagnóstico de su madre: tumor cerebral. El riesgo de intervenir, elevadísimo. Letal.

Pasó una página de la revista.

Cuando le llegó la noticia de París, se convenció de que era un error, de que Isabelle no podía estar muerta. Había necesitado semanas para aceptar la verdad. Y poco después, cuando los dolores de cabeza de su madre se habían intensificado y su visión se había vuelto más borrosa, se había convencido de que habría una cura. Que los tumores cerebrales que se llevaban por delante la vida de una persona no existían en el mundo. Que ese diagnóstico era imposible.

Hasta que lo imposible había acabado con la vida de su madre, dejándola sin las dos únicas personas en el mundo a las que quería.

Los últimos nueve meses le habían demostrado que lo imposible era posible.

Y en aquellos momentos, su propia enfermedad, que no podía confundirse con ninguna otra: era la misma que había acabado con su madre. Había permanecido a su lado mientas la enfermedad avanzaba, de modo que conocía cada estadio, cada síntoma.

¿Cuánto tiempo le quedaba? ¿Siete meses? ¿Nueve? ¿O sería más agresivo el tumor en una mujer joven?

Pasó otra página. ¿Sería ese su destino? ¿Acudir regularmente a aquella consulta hasta que le dijeran que no podían hacer nada por ella? ¿Ser una estadística más del sistema de salud?

La voz de Isabelle resonó en su cabeza: «Tienes que salir y vivir, Imogen. Prueba algo nuevo. Corre algún riesgo. Disfruta. ¡La vida es para vivirla!».

¿Qué posibilidades de vivir iba a tener ahora?

Recordó los planes tan cuidadosamente trazados que había tenido: hacer su carrera, buscarse un trabajo, construir su reputación como profesional, ahorrar para un piso, encontrar a un hombre bueno y digno de confianza dispuesto a pasar toda la vida junto a ella, y no como había hecho su padre. Recorrería cuanto su hermana había visto: las luces del mar del Norte de Islandia. El Gran Canal de Venecia. Y París. París, con el hombre al que amaba.

Bajó la mirada. En la revista que tenía sobre las rodillas había una foto a doble página de París al atardecer. Sintió un estremecimiento. El panorama era tan espectacular como Isabelle le había contado.

Le ardió la garganta al recordar que había rechazado la invitación de su hermana, diciendo que ya iría cuando hubiera terminado de ahorrar para el piso y para ayudar a su madre con la tan deseada renovación de la cocina. Isabelle la había regañado por su necesidad de tener la vida planeada al milímetro, pero es que ella siempre había necesitado sentirse segura. No podía dejarlo todo y salir corriendo para París.

«Pues mira de lo que te va a servir ahora tanto ahorrar. ¿Piensas comprarte un ataúd de lujo?».

Ya no iba a tener un futuro en el que hacer todo eso que había estado posponiendo. Solo tenía el presente.

Apenas fue consciente de que se había levantado de la silla, pero sí de que atravesó la sala y de que salió al sol. Alguien la llamó, pero no se dio la vuelta.

No le quedaba mucho tiempo, y no iba a pasárselo en hospitales y salas de espera hasta que no le quedase otro remedio.

Por una vez, iba a olvidarse de ser razonable. De ser cauta. Estaba decidida a vivir.

Capítulo 1

DIME, *mon chére*, ¿piensas estar en el resort cuando vayamos nosotros? Sería mucho mejor tener al dueño allí cuando hagamos la sesión de fotos para la promoción.

Su voz había adquirido una tonalidad íntima, y sus palabras le llegaban con absoluta claridad a pesar del ruido que había en el vestíbulo del hotel.

Thierry miró la cara de la publicista y leyó perfectamente la invitación que había en sus ojos. Era guapa, sofisticada y parecía dispuesta a ser accesible, muy accesible. Pero no sintió excitación alguna.

¡Excitación! Hacía cuatro años ya que no había vuelto a sentirla. ¿Sería capaz de reconocerla cuando volviera a presentarse, después de tanto tiempo?

Se le llenó la boca de un sabor amargo. Estaba viviendo una especie de pseudovida, encerrado en salas de reuniones, rodeado de compromisos, obligándose a atender minucias que no tenían interés intrínseco alguno. Pero esos detalles habían supuesto la diferencia entre salvar la cartera de clientes de la familia o perderla.

—Aún no lo he decidido. Me quedan cosas que hacer en París.

Pero pronto iba a cambiar todo. Unos meses más y dejaría el negocio en manos de su primo Henri, y lo que era más importante aún, en manos de los directores que él personalmente había elegido, y que guiarían a Henri para que pudieran mantener todo cuanto él había logrado, asegurando con ello la fortuna de la familia Girard y dejándole libre a él por fin.

–Piénsatelo, Thierry –sugirió ella, acercándose más con un mohín en los labios–. Sería muy... agradable.

–Por supuesto. La idea es tentadora.

Pero no lo bastante para alejarlo de París. Aquellas reuniones lo acercarían más al día de la liberación, y eso le atraía más que la perspectiva de tener sexo con una rubia esbelta.

Demonios... se estaba transformando en un tiburón de sangre fría. ¿Desde cuándo su libido iba por detrás de los negocios?

Aunque, en realidad, la libido no tenía nada que ver en aquello. Esa era la cuestión. Con treinta y cuatro años, estaba en su plenitud, y disfrutaba del sexo y de su éxito con las mujeres con facilidad, lo que demostraba que tenía talento e incluso buena reputación. Pero no había sentido absolutamente nada cuando aquella hermosa mujer lo había invitado a compartir su lecho.

¿Acaso no sabía que el negocio familiar iba a destruirle? Le estaba quitando la vida. Le estaba dejando...

Una figura al otro lado de la sala llamó su atención, nublándole el pensamiento. Se le aceleró el pulso y respiró hondo.

Su acompañante dijo algo y se puso de puntillas para darle un beso en la mejilla, al que él respondió automáticamente.

Su mirada volvió de inmediato al otro extremo de la habitación. La mujer que había llamado su atención seguía allí de pie, aunque parecía querer irse.

Ya se estaba abriendo camino entre la gente cuando la vio enderezarse y echar los hombros hacia atrás, unos hombros de piel marfileña completamente desnudos, ya que su vestido no tenía hombreras. Era un tejido que brillaba ligeramente a la luz de la lámpara de araña, y que ceñía su figura a la perfección, delineando sus pechos y su estrecha cintura como lo haría un guante antes de caer en un vuelo ultrafemenino hasta rozar el suelo.

Tragó saliva. Sentía la garganta seca a pesar del champán que había bebido. Y una tensión conocida se le apoderó del vientre, confirmándole que su libido seguía vivita y coleando.

En una estancia llena de vestidos cortos y negros y atuendos brillantes, aquella mujer llamaba la atención como si fuera un *grand cru* en una mesa barata.

La vio volverse y hablar con alguien, lo que le hizo detener el paso que había acelerado sin darse cuenta.

La acompañaba una mujer con cara de pilluelo, y que señalaba a los demás presentes en la sala a la mujer de blanco. Bueno, blanco y escarlata, se corrigió, al ver una cascada de flores rojas en la falda del vestido y en los brazos. Llevaba unos guantes que le llegaban hasta el codo y que le recordaron a algunas fotos que había visto de su abuela cuando asistía a un baile. ¿Quién se iba a imaginar que los guantes pudieran resultar sexys? Se imaginó quitándoselos centímetro a centímetro, besando la piel que fuera dejando al descubierto, antes de quitarle el vestido y seguir con el resto de su cuerpo.

La vio llevarse la mano al cuello en un gesto que revelaba nerviosismo. ¿Cómo podía estar nerviosa una mujer que se atrevía con una combinación tan gloriosa y declaradamente sexy?

Sintió calor y reparó en su brillante pelo oscuro recogido en la cabeza. Tenía una boca de labios carnosos, la nariz algo respingona y el rostro en forma de corazón. No solo era guapa, sino sexy también, hasta un punto al que no podía resistirse.

El viejo Thierry Girard no estaba muerto.

–¿Seguro que no te importa?

Saskia parecía dudar.

Imogen sonrió.

–Claro que no. Te agradezco mucho lo que has hecho estos días, pero estoy bien. Beberé champán, conoceré a gente interesante y lo pasaré bien –a lo mejor si se lo repetía con insistencia acababa creyéndoselo–. Anda, vete –hizo un gesto señalando el grupo de compradores de moda que Saskia había señalado antes–. Aprovecha la oportunidad.

–Solo media hora. Luego te busco.

Imogen parpadeó varias veces, anonadada por la amabilidad de la mejor amiga de su hermana Isabelle. Saskia no solo le había enseñado dónde trabajaba y vivía Izzy, sino que había compartido con ella historias del tiempo que habían pasado juntas, lo que le había hecho sonreír por primera vez desde hacía meses.

Incluso le había llevado algunos vestidos que Izzy se había hecho, atuendos sorprendentes que ella nunca habría considerado ponerse. Pero allí, en París, le parecía bien rendir homenaje al talento de su hermana.

–No seas tonta. Ve y relaciónate. Esta noche no hace falta que vuelvas a ocuparte de mí –hizo una mueca parecida a las que hacía su hermana–. Ya que me has conseguido esta invitación, pienso sacarle el máximo partido a mi único acto social, y no quiero que me estropees el estilismo.

–Isabelle me dijo que no se te daba bien estar con grupos de gente desconocida, pero obviamente has cambiado —Saskia sonrió—. Está bien, pero, si me necesitas, búscame. Estaré por aquí.

Imogen mantuvo la sonrisa mientras Saskia se alejaba, haciendo caso omiso del miedo que le daba verse sola en aquel mar de *beautiful people*.

«Qué tonta eres. Esto no es estar sola. Estar sola es saber que vas a morir y que no queda nadie en el mundo que te quiera lo bastante para sentir algo más que compasión».

Apartó el pensamiento. Estaba en París y no iba a dejarse llevar por la autocompasión, ni allí ni en Venecia, ni en Londres, ni siquiera en Reikiavik. Iba a exprimir hasta la última gota de aquella experiencia antes de volver a casa y enfrentarse a lo inevitable.

Miró a su alrededor y la falda larga le rozó las piernas, pero se negó a sentirse fuera de lugar porque el resto de las mujeres llevasen vestidos de cóctel. Aquel modelo de Isabelle era demasiado bonito como para no ponérselo.

—*Puis-je vous ouffrir du champagne?*

Una voz honda e hipnótica que se dirigía a ella le provocó un calor que le subía directamente del estómago, casi como si se hubiera tomado un whisky.

El francés era un idioma delicioso, y debería haber sido creado para una voz como aquella.

Se volvió y alzó la mirada, y algo que no podría identificar le golpeó. ¿Sorpresa? ¿Reconocimiento? ¿Atracción?

¿Cómo no le había visto antes? No solo por su estatura, sino por su singular presencia. La piel se le había erizado como si acabase de entrar en un campo de fuerza.

Se encontró con unos ojos oscuros como el café y el corazón se le subió a la garganta como si quisiera escapar. Era moreno de piel... ¿un hombre más de aire libre

que de fiestas como aquella, quizás? Pelo oscuro y lo
bastante largo para verse algo revuelto, barbilla firme y
pómulos marcados que le hicieron pensar en príncipes,
bailes y tonterías por el estilo.

Carraspeó.

—*Je suis desolée. Je ne parle pas français.*

Era una de las pocas frases que se había aprendido.

—¿Probamos con el inglés, entonces?

Su voz sonaba igualmente atractiva hablando en inglés que en otra lengua.

—¿Cómo se lo ha imaginado? ¿Soy tan obvia?

—En absoluto —respondió él, haciendo un gesto que
la abarcaba de los pies a la cabeza y que la incendió por
dentro—. Es deliciosamente femenina, pero nada obvia.

Imogen sintió que sonreía. Flirteando con un francés. Ya podía tacharlo de su lista de tareas pendientes.
Nunca se le había dado bien hacerlo, pero al parecer el
truco era, precisamente, no hacer nada.

—¿Quién eres?

Era curioso cómo ir a morirse podía ayudar a vencer
la timidez de toda una vida. Antes un hombre tan atractivo la habría dejado tan aturdida que no habría sabido
qué decir. Era uno de los más atractivos que había conocido y, a pesar de su aura de poder latente, era también el más suave. Hasta la nariz prominente que tenía
le quedaba bien en un rostro de facciones orgullosas.

—Perdona —inclinó la cabeza en un gesto muy euro-
peo y totalmente encantador—. Me llamo Thierry Girard.

—Thierry —repitió. No sonaba igual que cuando él lo
decía.

—¿Y tú? —preguntó él, acercándose, con lo que ella
percibió un aroma que le hizo pensar en montañas, en
aire limpio y en pinos.

—Imogen Holgate.

–Imogen –repitió él–. Bonito nombre. Te queda bien.

¿Que era bonita? Hacía años que nadie le decía eso. La última había sido su madre, cuando intentaba convencerla de que se vistiera con colores más alegres porque, según ella, se escondía en los trajes oscuros que llevaba para trabajar.

–Bueno, Imogen, ¿te apetece una copa de champán?

–Puedo ir yo misma a por ella –contestó, volviéndose en busca de un camarero.

–Si la he traído expresamente para ti –contestó él, y solo entonces se dio cuenta de que tenía una copa en cada mano.

¿Aquel desconocido había reparado precisamente en ella en aquel salón repleto de gente y le había llevado una copa de champán? Aquello era muy distinto de su mundo, donde no permitía que nadie pagase por ella, ni tenía que recibir cumplidos que no fueran sobre su trabajo.

–La que prefieras –ofreció, alzando las dos copas.

Imogen se sonrojó. Debía de estar pensando que no confiaba en él, que temía que pudiera haberle echado algo en la copa. Por eso le ofrecía las dos.

Era la clase de ocurrencia que habría tenido tiempo atrás, cuando siempre se mostraba cauta, pero en aquel momento estaba demasiado ocupada intentando asimilar el hecho de que el hombre más encantador y atractivo que había conocido nunca se estaba interesando por ella como para andarse con cosas así.

Tomó la copa mirándolo a los ojos y pasando por alto la sensación al rozarse sus dedos.

–¿Es de la región de Champagne?

–Por supuesto. Es el único vino espumoso que puede utilizar esa denominación. ¿Te gusta?

–No lo he probado nunca.

Él parpadeó sorprendido.

–*Vraiment?*

–Sí –sonrió–. Soy australiana.

–No, no. Sé que los australianos compran champán igual que exportan sus vinos. El champán se encuentra por todo el mundo.

Ella se encogió de hombros.

–Pero yo no lo he probado.

Miró la copa sonriendo. ¿Qué mejor sitio para probar el champán que París?

–En ese caso, la ocasión merece un brindis. Por los nuevos amigos.

Su sonrisa hacía de su rostro algo totalmente magnético. Agarró la copa con más fuerza. Aquella sonrisa, aquel hombre, le hacían ser tremendamente consciente de sí misma como mujer, experimentar deseos que tenía completamente olvidados.

«¡Ya basta! No es la primera vez que ves sonreír a un hombre».

Pero así, no. Aquella sonrisa era como verse bañada por un rayo de sol, el antídoto perfecto para el peso helador de la desesperación. ¿Cómo regodearse en ella si un hombre la miraba de ese modo?

Alzó la copa.

–Y por las nuevas experiencias.

Tomó un sorbo y las burbujas le hicieron cosquillas en el paladar.

–Me gusta que no esté demasiado dulce. Noto un sabor a... peras, ¿no?

Él tomó un sorbo y ella se quedó hipnotizada por el movimiento que hizo al tragar. Frunció el ceño. No había nada sexy en ver a un hombre tragar, ¿no? Nunca lo había notado, y trabajaba rodeada de hombres. Pero claro, ninguno era Thierry Girard.

–Tienes razón. Hay sabor a peras –respondió, mirándola por encima de la copa–. ¿Por las nuevas experiencias? ¿Es que tienes planeado algo?

–Sí, unas cuantas.

–Cuéntame.

Ella dudó.

–Por favor –insistió él–. Me gustaría saberlo.

–¿Por qué?

La palabra se le escapó sin querer. Típico de ella parecer torpe en lugar de sofisticada. Y es que no estaba acostumbrada a recibir atención masculina. Ella era la hermana seria y reservada, no la gregaria con una legión de admiradores.

–Porque me interesas.

–¿En serio? –apenas había pronunciado las palabras cuando enrojeció–. Dime que no he dicho eso –le pidió con los ojos cerrados

Una risa honda le hizo abrirlos. Si su sonrisa era preciosa, su risa era... no encontraba un término que pudiera explicar aquella especie de torbellino de chocolate derretido que la había rodeado.

–Mejor cuéntame tú lo de esas nuevas experiencias.

Aquello sí que iba a ser una aventura: flirtear con un francés guapísimo mientras bebía champán, así que mejor no estropearlo siendo ella misma. Mejor dejarse llevar. Aquel viaje tenía que ver con salir del caparazón, con saborear la vida.

Y charlar con Thierry Girard era lo más excitante que le había pasado en años.

–Tengo una lista de cosas que quiero hacer.

–¿En París?

–No solo aquí. Voy a estar fuera de casa un mes y medio, pero en París solo unos días –movió la cabeza–. Estoy empezando a darme cuenta de que mis planes son demasiado ambiciosos. No voy a poder hacerlo todo.

–Así tienes una excusa para volver.

Sus ojos eran casi lo bastante cálidos para disipar el

frío que la rodeó con aquellas palabras. No iba a haber una segunda visita, ni una segunda oportunidad.

Tenía solo una ocasión de vivir al máximo, e iba a sacarle todo el partido posible, aunque para ello tuviera que salir de su zona de confort. Tomó otro sorbo de champán.

—Está delicioso.

—No está mal. Háblame de esa lista. Siento curiosidad.

—Pues... son sobre todo cosas de turistas. Quiero ver la obra de los Impresionistas en el Musée d'Orsay, visitar Versalles, dar una vuelta en barco por el Sena.

—Tendrás tiempo de hacer todo eso si te quedan dos semanas.

Ella negó con la cabeza.

—Quiero asistir a una clase de cocina gourmet. Siempre he querido saber cómo hacen esas trufas tan deliciosas que se te derriten en la boca.

Las que eran exactamente del color de sus ojos. Se apresuró a continuar.

—Quería comer en el restaurante de la Torre Eiffel, pero no caí en la cuenta de que había que reservar con antelación. También me gustaría ir a comer un día al campo, subir en globo y conducir un descapotable rojo por el Arco del Triunfo, y también... bueno, muchas cosas.

Él alzó las cejas.

—A los turistas suele darles miedo conducir aquí. El tráfico es muy denso y no están marcados los carriles.

Imogen se encogió de hombros. A ella también le daba miedo, pero eso no estaba mal. Así se sentía viva.

—Me gustan los desafíos.

—Ya lo veo.

¿Era aprobación lo que veía en su mirada?

—¿Has montado antes en globo?

–No. Este viaje va a estar lleno de primeras veces.

–¿Como con el champán?

Se le marcaban unas arrugas adorables alrededor de los ojos, que invitaban a pensar que era tan inofensivo como sus compañeros de trabajo. Sin embargo, cada fibra de su ser gritaba que estaba fuera de sí con aquel francés tan sexy. Todo en él, desde el ancho de sus hombros hasta la sombra que le teñía el mentón, afirmaba que era un hombre viril y poderoso.

–¿Imogen?

–Perdona, estaba distraída.

Su voz le había sonado ridículamente íntima, lo mismo que el modo de pronunciar su nombre. Se llevó la mano a la garganta.

El brillo de sus ojos le reveló que había entendido la distracción, pero no iba a avergonzarse. Debía de estar acostumbrado a que las mujeres se rindieran ante él.

–Háblame de ti –le dijo–. ¿Vives en París?

–No siempre. Ahora voy a estar un par de semanas de reuniones.

–Así que, mientras yo voy a estar disfrutando, tú vas a estar de reuniones, ¿eh? Espero que no sean demasiado tediosas.

Él se encogió de hombros y ella deseó poder acariciarlos y comprobar si eran tan fuertes como parecían.

Parpadeó varias veces, sorprendida por la fuerza del deseo. Ella no era de esas que se sentían atraídas de repente, o que se les doblaban las rodillas delante de los hombres. Pero en aquel momento le temblaban las rodillas, y se sentía empujada a comportarse de un modo que no era propio de ella.

¿Sería el champán, o el hombre? O quizás fuese la excitación de estar en París, y de llevar aquel maravilloso vestido. Fuera lo que fuese, le parecía bien. Quería sentir, y desde que había puesto la mirada en Thierry, se había sentido muy viva.

–¿Eres experta en reuniones aburridas?

–Desde luego. Nuestra empresa está especializada en esa clase de reuniones. Seguro que las mías son más plomo que las tuyas.

–Me costaría creerlo.

La tomó del brazo y la apartó de una oleada de gente que entraba.

–Pues créetelo. Soy contable –esperaba que se le helase la mirada–. Especialista en impuestos. Sé de lo que hablo.

Le vio esbozar una sonrisa, pero no le pareció que se sintiera desilusionado. Es más: la miró de arriba abajo, y a ella se le encogió el estómago y los pechos se le inflamaron. ¿Cómo era posible que el encaje del suje-tador sin tirantes que llevaba y que, hasta aquel mo-mento, le había resultado muy cómodo, de repente le arañase los pezones?

–Supongo que no estarás familiarizada con la ley francesa de la propiedad, o con la de comercio, ¿verdad? No te imaginas cómo son las reuniones.

–¿Eres abogado?

No se parecía a ningún abogado que conociera, fuera de uno que aparecía en una película de esas de alto pre-supuesto.

Thierry se echó a reír con esa risa suya como de chocolate derretido.

–¿Abogado, yo? Sería el colmo. Bastante tengo con ser su cliente. Mañana tengo una reunión a primera hora. Ojalá estuviera fuera de la ciudad.

–¿En serio? Yo diría que te sientes muy cómodo aquí –respondió ella, clavando la mirada en ese cuerpo firme al que aquella chaqueta hecha a medida sentaba a las mil maravillas.

–¿Te refieres a esto? –preguntó él, señalando su impecable traje–. Es solo camuflaje.

–¿Este no es tu ambiente?

Se le aceleró el pulso ante la posibilidad de haberse encontrado con otro advenedizo como ella.

Thierry se encogió de hombros e Imogen lo observó como con hambre. Nunca había sentido necesidad de hombres, ni siquiera de Scott, de manera que, ¿qué diablos tenía aquel para desequilibrarla de ese modo?

–Me he visto obligado a adaptarme. Por mi negocio tengo que estar en la ciudad, pero me gusta más el aire libre. No hay nada como medirte con la naturaleza. Desde luego, nada que ver con las reuniones.

Eso explicaba aquellos ojos, y no solo las arruguitas de haber estado expuesto al sol, sino aquella mirada engañosamente perezosa, que era al mismo tiempo penetrante y perceptiva, casi como quien está acostumbrado a mirar el horizonte.

–Cada hora que paso detrás de una mesa es una pura tortura.

–Pobrecito –exclamó, e impulsivamente puso una mano en su antebrazo, pero lo lamentó de inmediato. Había notado la tensión de su musculatura y había vuelto a sentir esa especie de descarga eléctrica. Apartó la mano rápidamente y miró la copa. Aún no había bebido lo suficiente para tener alterada la percepción. Pero no lamentaba haberlo hecho. Ese latigazo de calor le había hecho sentirse más viva que...

–¿Quieres otra?

Thierry puso sus dos copas en la bandeja de un camarero y tomó otras dos, que ella aceptó con cuidado de no rozarle la mano.

–Por los descapotables rojos, los picnics y los viajes en globo.

La miró a los ojos y a ella se le aceleró el corazón.

Cuando la miraba de ese modo, que era seguramente el modo en que los hombres miraban a las mujeres hermosas, casi olvidaba lo que la había llevado a París.

—Y por las reuniones que no duran demasiado.

—Brindo por eso.

Chocaron sus copas y él miró cómo bebía. Se tomaba su tiempo para saborearlo, y sus labios hacían un mohín delicioso. La vio estremecerse al paladear las burbujas en la boca, y se acercó a ella.

Era tan ávida... Tan táctil... Tocarla por encima de aquellos largos guantes le había dejado la mano electrizada. Electrizada de anticipación y excitación, algo que solía experimentar cuando arriesgaba el cuello en sus aventuras al aire libre.

Imogen Holgate era una sorprendente mezcla de sensualidad e inocencia.

Y la deseaba.

—Yo puedo ayudarte con lo del globo.

—¿De verdad? —abrió los ojos de par en par y pudo ver briznas de verde salpicar el castaño de sus ojos—. Sería maravilloso.

Se acercó un poco más, y la respiración se le encabritó. Olía a vainilla, a azúcar, a hembra cálida. Quería saborearla allí mismo, en aquel mismo instante, y averiguar si era tan deliciosa como parecía. Quería llevársela a algún lugar en el que descubrir sus secretos.

Desde luego, había cambiado de gustos. No tenía nada que ver con Sandrine y las demás mujeres que habían pasado por su vida desde entonces. Sin embargo, sus sentidos no se equivocaban, así que buscó con la mirada la salida más próxima, y el cazador que llevaba dentro comenzó a planear cómo apartarla de la gente cuando llegase el momento.

—Pues te lo agradecería —interrumpió sus pensamientos—. Debería haber buscado antes de venir, pero es que este viaje ha sido totalmente inesperado. ¿Puedes recomendarme alguna empresa con la que pueda contactar?

–Mejor que eso. Un amigo mío tiene una empresa que se dedica a los viajes en globo a las afueras de París. Antes hacíamos juntos salidas en globo.

–¿Ah, sí? –Imogen abrió los ojos de nuevo y debió de ser el efecto de la luz, porque le pareció que eran completamente verdes. ¿Cómo se verían en el momento del éxtasis? La tensión de su vientre ascendió varios grados. Demasiados–. ¿Has montado en globo? Cuéntamelo, por favor –se entusiasmó, agarrándole de nuevo el brazo.

Pasaron veinte minutos sin que dejara de bombardearle con preguntas, y no la típica «¿Qué se siente estando ahí arriba?», o «¿No has sentido miedo de caerte?», sino todo: desde las medidas de seguridad, pasando por la cantidad de combustible necesaria, hasta el procedimiento de aterrizaje, y a cada momento su expresión cambiaba. No sabría decir si la prefería seria, curiosa o soñadora.

Desde luego era encantadora. Refrescante. Sincera. Compleja y apasionada.

No podía dejar de mirar su boca, y el deseo explotó.

¿Cuánto tiempo hacía que no se sentía así?

¿Cuánto tiempo hacía que no conocía a una mujer a la que le fascinara él como persona, y no su dinero, su estatus o su reputación como amante?

Además, estaba de paso. No tendría intención de atarlo.

Imogen era la diversión perfecta.

Capítulo 2

LAS LUCES bajaron de intensidad y al otro lado de la sala un grupo comenzó a tocar. El sonido del bajo resultaba incongruente en aquel entorno, pero a nadie pareció sorprenderle; tampoco unos rayos de luz púrpura, azul y blanco que comenzaron a rebotar por todas partes.

Uno de ellos le dio a Imogen en los ojos y la hizo encogerse y acercarse a Thierry. Inmediatamente, él le pasó un brazo por los hombros. Le gustaba demasiado la sensación, y no tenía deseo alguno de separarse.

La música subió de volumen, y ella se dejó envolver por tanta masculinidad. Porque, a pesar de aquel traje de factura perfecta, estaba bien claro que Thierry era un hombre musculoso.

Sus manos hablaban también por sí solas. Limpias, de uñas cortas e impecables, pero con pequeñas cicatrices blanquecinas que sugerían que hacía algo más que tener en ellas un bolígrafo.

Dijo algo que ella no pudo oír y las luces se volvieron más frenéticas, al ritmo de la percusión. Sintió que todo giraba y se fundía como si fuera un ser vivo. La luz se le clavó en los ojos.

«Ahora, no. ¡Por favor, ahora no! Déjame un poco más. ¿Es tanto pedir?».

Se le encogió el estómago y la respiración dejó de ser normal. Parpadeó varias veces. No era la luz del escenario lo que la había cegado, sino aquel fogonazo

blanco y ardiente que saltaba dentro de su cerebro. Se
le nubló la vista y sintió dolor.

–¿Imogen?

El brazo la sujetó con más fuerza y percibió algo,
una esencia que le recordó a un bosque, antes de que el
sabor metálico del dolor lo empapase todo. Por pura
fuerza de voluntad se mantuvo de pie.

–Yo... –apenas podía hablar–. Me gustaría marcharme.

–Por supuesto –respondió él, quitándole la copa de
la mano–. Por aquí.

Ella intentó seguirle, pero las piernas no le obede-
cían. La música parecía retumbar dentro de su cuerpo y
en la cabeza sentía el acero de una hoja invisible.

Un agradable calor la rodeó, y tardó un instante en
darse cuenta de que provenía del cuerpo de Thierry, que
le había pasado un brazo por la cintura para ayudarla a
salir.

«Pues imagínate lo que podría hacer con los dos
brazos... Y con esas manos. Siempre te han gustado las
manos grandes».

Aquel fue su último pensamiento coherente hasta
que llegaron a la paz del vestíbulo.

–¿Imogen? ¿Qué te pasa? Háblame.

–Me... duele la cabeza. Perdona –se explicó, y lo
miró con los ojos casi cerrados.

–¿Una migraña?

Suavemente le empujó la cabeza para que se apoyase en su hombro y con la mano le acarició el pelo con
un ritmo constante que curiosamente pareció aplacar un
poco el dolor.

No quería moverse. Quería quedarse así, sostenida
por su fuerza. Ser consciente de que nunca la habían
abrazado así despertó en ella ganas de llorar, pero se
contuvo.

–Lo siento –dijo, y se enderezó–. Disfruta del resto de la fiesta. Ha sido...

–¿Dónde te alojas?

–Aquí. En la trescientos cinco.

Rebuscó en el bolso para sacar la tarjeta. Lo único que tenía que hacer era subir a su habitación.

¿Sabría leer el pensamiento? Porque en un instante estaba de pie, a pesar del temblor de las piernas, y al siguiente estaba en sus brazos, sintiendo la fuerza de sus huesos y sus músculos y la caricia de su respiración en la cara. Debería haber protestado, pero el dolor era tan intenso que tuvo que rendirse a él, y agradecerle que, por una vez, no tuviera que enfrentarse al dolor sola.

Aquellos últimos meses había tenido que ser fuerte, por su madre y, más recientemente, por ella misma, de modo que apoyarse en Thierry, sentir el latido de su corazón... casi podría decir que el dolor había cedido un poco. Cerró los ojos.

«Otra novedad: que un hombre te lleve en brazos».

–Ya hemos llegado –dijo él, y tomó la tarjeta que ella llevaba en la mano. Oyó una puerta que se abría y se cerraba y sintió el colchón en la espalda. Estuvo tentada de rogarle que no lo hiciera. Era tan reconfortante que alguien se ocupara de ella... abrió los ojos e hizo una mueca al percibir la débil luz de la lamparita de noche. Thierry la miraba, preocupado.

–¿Qué necesitas? ¿Un analgésico? ¿Agua?

Ella asintió mínimamente.

–Agua, por favor.

Y abrió el cajón de la mesilla para sacar unas pastillas. Pero le temblaba la mano y él se dio cuenta.

–Déjame a mí –dijo, y sacó la pastilla del su envoltorio. A continuación la ayudó a incorporarse y a tomarla con una delicadeza que le llenó los ojos de lágrimas. La delicadeza de un desconocido. Lágrimas por la extravagante fantasía que se había atrevido a albergar: la de terminar la noche en los brazos de Thierry.

Pero esa fantasía no era para ella. Su realidad era demasiado aplastante. Tendría que conformarse con los pequeños placeres que pudiera arañarle a la vida antes de que fuera demasiado tarde.

Vencida, se dejó caer sobre la almohada.

—Eres muy amable. Gracias, Thierry. Ya puedo quedarme sola.

Amable... y unas narices. Aquella mujer le había cautivado con aquellos ojos verdes, con su intensidad, humor y entusiasmo, por no hablar de la sensualidad que emanaba de su cuerpo. Su vulnerabilidad era como un puñetazo en el estómago, y no solo porque le habría gustado pasar la noche con ella.

—Cierra los ojos y relájate.

—Eso voy a hacer.

«En cuanto te marches». Esas palabras que nadie había pronunciado quedaron suspendidas en el aire. ¿Quién podría culparla por ello? Al fin y al cabo, era un desconocido, aunque en algún momento hubiera sentido que la conocía de toda la vida, o, mejor dicho, que había esperado precisamente toda la vida para conocerla.

Un estremecimiento de advertencia le recorrió la espalda, pero no le hizo caso. No era una amenaza. Con las pestañas húmedas por las lágrimas y la palidez que se había asentado en su rostro, era la viva imagen de la vulnerabilidad. Había sombras bajo sus ojos que no había visto antes.

—¿Qué haces? —le preguntó al ver que descolgaba el teléfono de la habitación y marcaba.

—Voy a pedirte un poleo menta. Mi abuela padece migrañas y eso le alivia.

—Te lo agradezco, pero...

–Tú pruébalo, ¿vale? Si no te funciona, lo dejas. Me quedo hasta que te lo traigan para que no tengas que levantarte.

No dijo nada, pero lo miró con los ojos ensombrecidos por el dolor. Otra vez esa patada en el estómago. Frunció el ceño y se dirigió al baño.

–Estás a salvo conmigo, Imogen, no pretendo nada –«al menos, por ahora»–. Confía en mí. Fui boy scout, ¿sabes?

–¿Y tengo que confiar en ti porque fuiste boy scout?

El dolor le desdibujaba la voz, pero había en ella esa nota risueña que tanto le había gustado antes.

–Por supuesto. Siempre dispuesto a servir.

Le apartó unos mechones de pelo y le puso la toalla fría en la frente.

Ella suspiró y Thierry se acomodó en una silla a un par de metros de la cama.

–¿Son tan mandones todos los franceses?

–¿Y las australianas son todas tan obstinadas?

Una pequeña sonrisa se dibujó en sus labios antes de que cerrara los ojos. Era ridículo, pero aquella sonrisa le supo a victoria.

Las notas musicales de un teléfono móvil sonaron con fuerza, llamando la atención de otros clientes de la cafetería, pero, aun así, Imogen tardó un momento en darse cuenta de que era su teléfono el que sonaba. Decidida a acabar con la Imogen antigua, había cambiado el tono de llamada por aquella canción.

–¿Diga?

–¿Imogen?

Su voz sonaba cálida y suave, tanto que se estremeció al oírla.

–¿Thierry?

Se había pasado las últimas horas regañándose por desear que la noche no hubiera acabado como lo había hecho. El hecho de que Thierry se hubiera quedado hasta tan tarde era la prueba del aspecto tan horroroso que debía de tener, y que él era lo que su madre llamaba «un perfecto caballero».

–¿Qué tal te encuentras hoy? ¿Estás mejor?

–Sí, gracias. Estoy más tiesa que una lechuga.

Una exageración, porque esos dolores de cabeza la dejaban hecha unos zorros, pero se iba sintiendo mucho mejor.

–¿Y tú? ¿Qué tal?

–Mejor ahora que oigo tu voz.

Su tono seductor le hizo parpadear varias veces. Se le había acelerado la sangre e intentó convencerse de que había sido cosa de su imaginación. Nada había que espantara más a los hombres que la enfermedad. La cara de Scott se le apareció ante los ojos, pero bloqueó el pensamiento.

–¿Cómo has conseguido mi número?

Hubo un silencio.

–Anoche dejaste el teléfono en la mesilla.

–¿Y buscaste el número?

–¿Te parece mal?

–No, no. En absoluto.

¿Mal? Le sorprendía. La encantaba. ¡La excitaba!

–¿Qué haces esta noche? ¿Puenting nocturno? ¿Clases de moto?

Imogen sonrió.

–Aún estoy barajando un par de opciones.

–¿Te apetecería cenar en la Torrre Eiffel? Hay una mesa disponible.

–¿Ah, sí? ¡Pero si yo he intentado reservar y no lo he conseguido!

–Pues, si quieres, ahora puedes.

–¡Pues claro que quiero!

Aunque iba a ser una pena cenar sola en un sitio tan romántico, pero en fin... ella era una mujer pragmática que había aprendido a enfrentarse a la verdad cara a cara.

–Eres muy amable, Thierry. Gracias.

–Estupendo. Te recojo a las ocho.

–¿A las ocho?

Parpadeó confusa. ¿Iba a recogerla? ¿Cenaban juntos?

–Sí. Nos vemos.

Y colgó. Imogen se quedó mirando el teléfono. Thierry Girard, el hombre más fascinante, más encantador y más guapo que había conocido la iba a llevar a cenar. No sabía si estar nerviosa o atónita. Mejor, encantada.

Imogen parecía flotar cuando volvían al hotel. La velada había sido perfecta: la comida, el vino, la compañía, la mirada de Thierry, que parecía que la estuviera acariciando.

Cuando le veía apreciar el vestido verde y bronce que su hermana Izzy había creado, la aprobación le brillaba en la mirada, pero, cuando su atención se clavaba en su cuello y en sus hombros, y muy especialmente, en su boca, el calor crecía en su interior como en una olla a presión.

¿Tendría el valor necesario para seguir adelante? Los encuentros sexuales con desconocidos no estaban en su repertorio, pero lo que Thierry le hacía sentir no parecía encajar en esa definición. ¿Y qué sentiría él? ¿Aquella noche sería para él un gesto de amabilidad con una desconocida, o algo más?

Detuvo el coche delante de su hotel y ella se volvió hacia él, pero ya se estaba bajando para abrirle la puerta.

«Ahora. Pregúntaselo antes de que te dé las buenas noches».

Pero fue incapaz de articular palabra cuando él se colgó su mano del brazo dispuesto a entrar con ella al hotel. Su calor, su olor fresco como el aire libre, y la sensación de llevarlo al lado hizo que se sintiera extrañamente ligera. Atravesaron juntos el lujoso vestíbulo, dejaron atrás al personal que los saludó y llegaron a los ascensores.

–Yo... –inició la frase, pero no pudo terminarla porque entró en el ascensor y pulsó el botón de su planta.

Así que la acompañaba hasta su habitación. A hurtadillas lo miró, y vio que de perfil sus facciones se habían endurecido. ¿Lo habría malinterpretado? A lo mejor no estaba sintiendo su misma excitación. Igual había utilizado todo su encanto para entretener a una turista en una cena. La noche anterior se había sentido fuera de lugar en aquella fiesta tan glamurosa, a pesar del maravilloso vestido que llevaba, y quizás después de haber pasado unas horas en su compañía, él también se había dado cuenta.

–¿Tú...?

Él se volvió a mirarla y ella sintió de repente que los tacones de aguja de Izzy que llevaba eran demasiado altos.

Su hermana habría sabido qué decir. Cómo atraerlo, cómo entretenerlo y, por encima de todo, cómo seguir adelante. Su única experiencia íntima había sido con Scott, con el cauto Scott, que nunca actuaba por impulso, que jamás transgredía las normas ni corría riesgos. Tampoco se había sentido con él como se sentía con Thierry.

–Eres muy amable por acompañarme hasta aquí.

Las puertas se abrieron y salieron al corredor. «Seguramente tiene miedo de que me vuelva a desmayar».

–Es la segunda vez que me acusas de ser amable.

Ella estaba buscando la tarjeta en el bolso y no lo miró.

–Has sido maravilloso y te lo agradezco.

Thierry le quitó la tarjeta de la mano y abrió con ella la puerta.

«¿Era necesario que me demostrara las ganas que tiene de deshacerse de mí?».

Pero en lugar de despedirse, entró y la hizo pasar a ella. La puerta se cerró tras ellos e Imogen se dio la vuelta. Sus facciones morenas parecían esculpidas en piedra, y aquellos ojos oscuros tan intensos...

–Lo mío no es ser «amable» –dijo, deslizando un solo dedo por su mejilla–. De hecho, se me da muy bien hacer lo que más me gusta –inclinó la cabeza y su respiración le rozó los labios–. Y lo que más me complace es estar contigo, Imogen.

Tragó saliva. Era lo que quería, lo que se estaba preparando para preguntarle. Sin embargo, la parte cauta y reservada de sí misma, la parte que la había mantenido a salvo durante veinticinco años le congeló la boca.

¿A salvo? Ya no había modo de estar a salvo. Ya no. Su futuro había pasado a contarse en meses, no en décadas.

–¿O me equivoco? –apartó la mano–. ¿No quieres...?

–¡Sí! –dejó caer el bolso al suelo y entrelazó su mano con la de él–. Sí quiero.

Y cuánto. La necesidad que estaba sintiendo era como una ola que la sepultaba.

Thierry no sonrió. Si acaso sus facciones se tornaron más duras.

–Solo puedo ofrecerte placer a corto plazo, Imogen. Eso es todo –confesó, mirándola fijamente–. Si no es eso lo que tú quieres...

Imogen le puso un dedo sobre los labios para pedirle

silencio, y el contacto le hizo estremecerse. A pesar de lo masculinas y marcadas que eran sus facciones, los labios resultaban sorprendentemente suaves.

–Me parece perfecto –le respondió, y respiró hondo–. No voy a estar en el mercado mucho tiempo.

Apenas había pronunciado la frase cuando él la besó en la boca. Firmemente, implacablemente, sin vacilar, la exigencia sensual de un hombre que sabía lo que quería, y que sabía cómo complacer a una mujer.

Desde luego, lo que Scott y ella habían tenido no se parecía nada a aquello.

Thierry la abrazó por la cintura y la pegó a su cuerpo, y todos los puntos en que se rozaron parecieron explotar, como si el contacto tuviera electricidad. Latigazos de calor subieron a sus pezones, alcanzaron un punto entre sus piernas y hasta se arremolinaron en su nuca, que era donde él había puesto la otra mano. Se oyó a sí misma gemir.

Sabía mejor que el chocolate; más intenso, rico, fuerte y adictivo, y tuvo que sujetarse a su cuello porque las rodillas no la sostenían.

De inmediato sintió que él la tomaba en brazos, lo que la hizo sentirse femenina y preciosa por contraste con su fuerza, todo ello sin dejar de devorarla, buscando, exigiendo, pero dando placer al mismo tiempo.

Aquello sí que era un beso. Aquello sí que era deseo.

–Más –musitó sin separarse de su boca.

Como respuesta sintió movimiento: estaba en la cama, y él sobre ella. Nunca había experimentado nada tan erótico como la prisión en que la había encerrado su cuerpo.

Thierry se acomodó en el centro de sus caderas y ella sintió que algo le palpitaba en el vientre y que le empujaba a arquear la espalda para notar su erección. Tenía que encontrarlo. Tocarlo.

Su respiración se volvió sibilante y la dejó posar la mano unos segundos sobre su pene, antes de apartarla.

–Paciencia, Imogen.

A duras penas entendió lo que decía. El pulso de su sangre era como el golpeteo de un martillo en el metal.

–Sí... ahora.

¿Era esa su voz? ¿Tan desesperada sonaba?

Él la miró a los ojos sujetándole una mano, y como ella intentó tocarle con la otra, se la sujetó también. La posición hizo que su erección se le clavara entre las piernas y comenzó a moverse trazando círculos con las caderas. A punto estuvo de llegar al clímax solo con aquello. ¿Cómo podía existir un placer tan intenso, tan instantáneo? Con Scott...

El pensamiento murió al oír que Thierry murmuraba algo con esa voz cargada de lujuria antes de inclinar de nuevo la cabeza. Notó su respiración en la piel de su cuello y luego sus labios se posaron en... sí, justo allí.

De nuevo aquel intenso pulso entre las piernas hizo que toda su musculatura se tensara, y que sus zonas erógenas temblasen esperando.

–No. ¡No!

Fue casi un sonido, más que una palabra, lo que salió de su garganta, pero él lo oyó y se detuvo.

Levantó la cabeza. El urbanita sofisticado había desaparecido. El hombre sereno había desaparecido. El brillo de aquellos ojos era salvaje. Sus labios componían una mueca de dolor.

Le vio cerrar los ojos y tragar saliva, un movimiento que ella siguió como hipnotizada.

–¿Has cambiado de idea? –le preguntó, e incluso su voz le resultó desconocida.

–¡Claro que no! –¿cómo se le podía ocurrir semejante cosa?–. Pero no puedo esperar. Te necesito ya.

No había terminado la frase y estaba peleándose con el cinturón y con los botones de su camisa.

Thierry la miró con los ojos muy abiertos, como si no pudiera creerse sus palabras. Nunca había conocido a una mujer con tantas ganas de él, que estuviera tan desesperada que no se creyera capaz de soportar un minuto más su seducción.

Había pensado besarla y acariciarla, tomarse su tiempo...

–¡Por favor, Thierry! –por fin había logrado desabrocharle el cinturón–. Ya me seducirás después. Lo que tú quieras. Pero necesito tenerte dentro ahora.

El fuego la consumía desde la garganta hasta la raíz del pelo, pero le importó un comino no parecer sofisticada. La palabra «deseo» resultaba demasiado convencional para aquella necesidad visceral y urgente.

Mordiéndose los labios, intentó bajar la cremallera. Una segunda vez. Pero él le sujetó la mano.

No pensaría obligarla a parar, ¿no?

–Déjame a mí, *ma chérie*.

Sin dejar de mirarla, se quitó los zapatos y sacó un preservativo.

Estaba increíble, con la piel arrebolada por la excitación, brillándole los ojos como estrellas, los labios sonrojados. Aceleró sus movimientos para ponerse el preservativo mientras veía cómo sus pechos pugnaban por salir de aquel corpiño ajustado. Un ataque de necesidad le obligó a respirar hondo. A pesar de lo que había dicho ella, tenía que dominarse. No podía rendirse y tomarla sin preliminares. Necesitaba que...

Su capacidad de pensar quedó suspendida al ver que ella se levantaba el vestido, dejando al descubierto unos muslos pálidos, largos y tonificados. Las braguitas de encaje del color del vestido, y un olor a vainilla y a mujer llenaron sus sentidos antes de ver cómo levantaba las caderas e intentaba quitárselas. La ayudó a hacerlo, y de inmediato sus manos volvieron a estar en ella, acariciando una piel suave como la seda, acariciando el vello oscuro entre sus piernas.

No fue consciente de haberse movido, pero un segundo después se encontró sobre ella, con una mano a cada lado de su cuerpo, la falda levantada y el pelo suelto.

Se estremeció. Quería disfrutar de ella, tomarse su tiempo, pero no podía. No era porque le estuviera clavando las uñas en los hombros, ni por su gemido felino, sino porque, sencillamente, nunca había deseado a otra mujer con aquella urgencia.

Con un movimiento firme y glorioso estuvo dentro de ella, hasta no sentir nada más, hasta no conocer nada más que su calor abrasador, su dulce aroma y aquel indescriptible placer. Bastó con oírla pronunciar su nombre para perder el control.

Ella se estremeció, moviéndose con él, arrastrándole al clímax más increíble que había experimentado jamás.

Su cerebro tardó un tiempo en volver a funcionar. Imogen cambió de postura, medio dormida aún, y él se encontró excitado de nuevo.

Su primer pensamiento fue si iba a tener suficientes preservativos, y el segundo, al verla abrir los ojos y dedicarle una tímida sonrisa, fue felicitarse por haberla encontrado. Nunca había conocido a una mujer tan espléndida en su pasión. Dos semanas no iban a bastar para disfrutar de cuanto tenía que ofrecer, pero era cuanto tenían.

Capítulo 3

IMOGEN miraba a través de la ventana de su hotel en Londres, y veía la plaza cuadrada con su jardín central y los edificios georgianos que la flanqueaban. Una pareja paseaba de la mano. Apartó la mirada y tomó un sorbo de poleo menta.

Había acabado gustándole desde aquella noche de París en que Thierry se lo pidió. Sin poder evitarlo, volvió a mirar a la pareja. Debían de rondar los setenta años e iban de la mano, charlando. ¿Cómo sería envejecer junto al hombre que se ama? Era mejor cortarle el paso a esos pensamientos cuanto antes.

Thierry Girard había sido una revelación. Cualquier mujer habría estado en el paraíso descubriendo París con él, aunque no se hubiera pasado años como ella enterrada en el tedio y coartada por las precauciones. No era de extrañar que Venecia, Reikiavik y Londres no le parecieran tan fabulosas como París. Él le había dado vida a la ciudad.

Le había dado vida a ella.

Lo que había habido entre ellos había sido maravilloso, y atesoraba cada momento, pero su pasión, el romanticismo y la unión había sido una ilusión, el producto de un romance que iba a tener una vida muy corta.

Tomó otro sorbo y frunció el ceño. De nuevo un sabor que le gustaba se había vuelto metálico y plano. Dejó la taza y se dio cuenta de que se había dado la vuelta demasiado deprisa porque sintió náuseas de nuevo. Tuvo que agarrarse a la mesa y respiró despacio.

Su madre no había tenido esos síntomas. ¿Significaría que su problema era distinto? Desde luego los dolores de cabeza habían aflojado un poco y eran menos frecuentes, pero la náusea le preocupaba. Era muy persistente.

De mala gana, se dirigió al baño. No era posible que una mujer en su estado...

Movió la cabeza y apretó los labios. Pues claro que era absurdo. Debía de ser simplemente un síntoma que indicaba que su estado estaba empeorando, aunque, de no ser por ello, se encontraba mejor de lo que lo había estado en años. Pero no tenía sentido andar haciéndose cábalas. Ya iría al especialista en Sídney.

Aun así, se acercó a la prueba que había dejado sobre el lavabo. No había tenido valor para mirar antes los resultados, diciéndose que era una tontería, pero aun así miró la pantallita.

El mundo tembló y tuvo que agarrarse a la encimera. ¿Acaso la enfermedad le habría afectado a la visión? El indicador estaba bien claro. Era su cerebro el nublado.

«Embarazada».

Estaba embarazada de Thierry.

Aquella vez le estaba resultando mucho más difícil contactar con él. Tenía una nueva asistente que parecía tremendamente eficiente y que no estaba dispuesta a colaborar.

No, el señor Girard no se encontraba en París. No podía decirle dónde estaba.

−¿Cuándo volverá?

Se sentía al mismo tiempo enfadada y avergonzada, y agarró con fuerza el auricular.

–¿Quiere dejarle un mensaje, *mademoiselle*? Está muy ocupado.

La frialdad de su tono parecía dejar claro que nunca más iba a tener tiempo para ella. ¿Se trataría de una asistente demasiado protectora, o una mujer que actuaba siguiendo las órdenes de su jefe?

Las diferencias entre ellos quedaron más palpables que nunca. Thierry era un hombre poderoso que se movía en círculos elitistas y que llevaba la vida de los más privilegiados, que sus empleados protegían a capa y espada. Ella pertenecía a la clase trabajadora, una mujer sin sofisticación alguna, más a gusto en el sofá de su casa con una manta que en un evento. Solo la pasión que habían compartido les había hecho iguales.

–Necesito hablar con él en persona. Es imperativo.

–Como ya le he dicho, puede dejarle un mensaje.

Imogen apretó los dientes y miró el tejado metálico del edificio de enfrente. Parecía casi poderlo tocar desde su ventana. Aquel callejón nada tenía que ver con el magnífico hotel en que se había alojado durante su primera estancia en París.

–Por favor, dígale que necesito verle. Con cinco minutos me bastará –¿cuánto tiempo se necesitaba para dar la noticia que tenía que darle?–. Tengo algo... una información importante para él. Algo que debe saber cuanto antes.

–Muy bien, *mademoiselle*.

Y se oyó un «clic».

–Eso es todo –Thierry miró su reloj–. Ya terminará el resto mañana.

–Me resulta más eficaz terminar el trabajo antes de marcharme y empezar mañana sin nada pendiente –replicó la señorita Janvier con un mohín de los labios.

Thierry prefirió no contestar. Su nueva asistente había elevado la eficacia a un nuevo nivel. Al menos aquellas notas no le llevarían más de media hora.

Si al menos sonriera aunque fuese de vez en cuando...

Él sí que sonrió. Aquella idea había surgido de su parte indomable. La parte que preferiría mil veces estar al aire libre en una tarde clara como aquella que encerrado en la oficina con una asistente con cara avinagrada.

Esa parte de sí mismo preferiría estar de picnic con una belleza de cabello oscuro cuyo entusiasmo, sensualidad e inesperadas muestras de ingenuidad le intrigaban sobremanera.

¿Lamentaba haber perdido la ocasión? Ya se divertiría lo suficiente en cuanto terminase aquella etapa. Había entregado cuatro años de su vida para obrar casi un milagro, que era lo que había sido arrancar al negocio familiar del borde del desastre. Ya no quedaba mucho...

Movió los hombros en círculos. Pronto podría volver a recuperar su vida. La vida que lo definía, por irresponsable que a su abuelo le pareciera su comportamiento. Pero lo que su abuelo desconocía era que las descargas de adrenalina, el emplearse al máximo físicamente para superar los más duros desafíos, era lo que le hacía sentirse vivo. Aquellos últimos años había estado condenado a una existencia mediocre. La aventura le llamaba. ¿Qué iba a intentar antes: heliesquí, o viajar en globo? ¿O mejor rafting en aguas bravas? Orsino le había hablado de un sitio en Colorado...

–Por cierto, una mujer le está esperando.

–¿Una mujer?

Consultó la agenda. No tenía citas pendientes.

–Una tal *mademoiselle* Holgate.

–¿Holgate? –sintió un latigazo dentro del pecho–. ¿Cuánto tiempo lleva esperando?

Su asistente abrió los ojos de par en par.

–Ya le dije que tendría que esperar, que tenía usted...

–Hágala pasar inmediatamente.

Mademoiselle Janvier salió despavorida. Era la primera vez que no lo veía educado y sereno.

La puerta se abrió y a Thierry se le aceleró la respiración. Salió de detrás de su mesa y frunció el ceño.

Una figura delgada y de cabello oscuro entró en el despacho, y una sensación desconocida se le aferró al vientre. Casi no la habría reconocido. Sus maravillosos bucles estaban recogidos en un moño que le recordaba al de la señorita Janvier, iba vestida con vaqueros y una camisa de un color que le rebajaba el de la cara, cuando siempre la había visto vestida en tonos vivos. Y unas sombras se perfilaban bajo los ojos.

De nuevo, experimentó aquella inexplicable sensación en el pecho, como si alguien le hubiera golpeado.

–¡Imogen!

Se acercó a ella, pero Imogen se sentó en la silla reservada a las visitas antes de que pudiera tocarla. Desde luego, no era la reacción a la que estaba acostumbrado con las mujeres.

–Thierry –asintió ella, con la mirada clavada en su corbata. Sus ojos no eran ni mucho menos como él los recordaba. Parecía como acosada... aunque su postura resultaba casi desafiante.

¿Qué había pasado? Nunca la había visto así. Tomó una silla, la colocó frente a ella y se sentó. Sus rodillas casi se tocaban.

Ella se apartó, como si su presencia la incomodara. O como si su contacto la contaminase.

–Qué placer tan inesperado –dijo, recostándose en el respaldo.

–¿Ah, sí? Pues no es lo que a mí me ha parecido –replicó ella, y alzó un poco la barbilla. Su rostro recuperó un poco de color. Eso estaba mejor. La mujer que él había conocido era intensa y vibrante.

–Acabas de entrar –replicó él, dedicándole la sonrisa que derretía a las mujeres. A pesar de la tensión, de verdad se alegraba de verla. La había echado de menos más de lo que se imaginaba.

–Supongo que debería estar agradecida por que hayas podido dedicarme unos minutos dc tu aprctada agenda –le espetó.

Así no estaba bien. Había dejado que la rabia y el miedo le ganasen la partida. Rabia por lo mucho que había tardado en verlo, y porque le hubiese hecho esperar una hora. Y miedo de que, incluso con su ayuda, suponiendo que quisiera ayudar, la nueva vida que crecía dentro de ella estuviese en peligro.

No ayudaba que una mirada de Thierry bastase para que volviera a caer bajo su hechizo. Estaba fantástico. Fuerte y en forma, tan masculino que estar sentada junto a él era ya toda una prueba. Quería tocarlo, sentir su fuerza, que le hiciera recordar que aun en aquella situación tan desesperada quedaba csperanza.

–Siento que hayas tenido que esperar. No sabía que estabas aquí.

Imogen hizo un gesto con la mano y miró a su alrededor: aquel despacho grande y de carísima decoración, y las vistas que se disfrutaban de aquel exclusivo barrio de París.

–No importa –respiró hondo, pero solo le sirvió para percibir de nuevo su olor a cálida piel y a aire fresco de montaña que le trajo a la memoria cómo habían sido las cosas entre ellos.

Pero eso ya había terminado. Él había pasado página, y ella tenía cosas más importantes de las que preocuparse.

–Te hacía en Australia. Ibas a Venecia, Reikiavik, Londres y de vuelta a Sídney, ¿no?

Se acordaba, y saberlo le produjo una inesperada satisfacción.

–Ese era el plan, sí –respondió, con una voz más cautiva de lo que pretendía–. Pero las cosas han cambiado.

–Me alegro –respondió él en un tono parecido a una caricia–. He pensado mucho en ti.

Imogen lo miró sorprendida, y un calor incontenible se le desató en el vientre.

¿Cómo narices lo hacía? No sabía si sentirse sorprendida o desesperada por que la ausencia no hubiera logrado aplacar el impacto de aquel hombre. Aun teniendo tantas cosas en la cabeza, esa voz grave, ese acento hacía cantar a su cuerpo.

–He venido porque tengo que darte una noticia.

Thierry se quedó inmóvil, atento, aguardando, fingiendo despreocupación.

Mientras habían estado juntos, toda aquella intensa energía se había centrado en el placer, pero en aquel momento, en aquel tremendo despacho que hablaba a gritos de poder, de autoridad, con sus ojos clavados en ella, se dio cuenta de lo formidable que era, y no solo por lo sensual y carismático de su persona, sino por el poder que exudaba.

Tragó saliva. Tenía sed.

–¿Una noticia?

–Sí –se humedeció los labios–. Sí, yo...

«¡Suéltalo ya! ¿Tan difícil es de decir? Has tenido una semana para hacerte a la idea».

–¿Tú...?

Se acercó todavía más y ella sintió deseos de sentarse en sus rodillas.

–Estoy embarazada.

Transcurrió un minuto sin que él dijera nada. Permaneció quieto, mirándola, con las facciones congeladas.

—¿El bebé es mío?

Error número uno. Imogen se echó hacia atrás en su silla como si tuviera delante una avispa furiosa y el hielo congeló sus ojos verdes, transformándolos en una llanura escarchada.

¿Embarazada? ¿De él?

Una sensación de irrealidad lo envolvió, como aquel día de su infancia en el que le dijeron que sus padres habían fallecido en un accidente de tráfico a las afueras de Lyon. O cuatro años atrás, cuando le dijeron que su abuelo, un hombre indomable, había tenido un ataque. ¿De verdad era posible?

Pues claro que era posible. Imogen y él habían pasado todas las noches de aquellas dos semanas juntos, incapaces de saciarse el uno del otro.

No había conocido otra mujer que, como ella, le pusiera al borde de perder el control. Incluso cuando planeaba alguna salida a un club, o a una cena a la luz de la luna, y ella se reía y disfrutaba con aquellas experiencias, él no podía dejar de pensar en cuánto tiempo faltaba para tenerla desnuda y en posición horizontal.

El calor volvió a abrasarle el vientre.

—No ha habido nadie más. Solo tú.

Qué absurdo era sentirse complacido por aquellas palabras. No podía perder la concentración. Aquello era demasiado importante.

—¿Desde cuándo?

—Eso da igual. Yo...

—¿Desde cuándo, Imogen?

Cosas más extrañas se habían visto cuando una mujer intentaba atrapar a un hombre con un embarazo.

Ella se irguió.

—Estoy de siete semanas.

–Es una fecha muy precisa.

–Es que no suelo ir acostándome por ahí.

Lo sabía. Recordaba bien la encantadora falta de práctica que había mostrado haciendo el amor y la sorpresa de su mirada al alcanzar el clímax.

–Embarazada –repitió, e hizo otra pausa. El cerebro no le funcionaba en condiciones. En aquel momento le había fabricado la imagen de Imogen embarazada de su hijo, con las manos apoyadas en el vientre maduro. Nunca había deseado a una embarazada, pero aquella imagen le llenó de pensamientos inadecuados.

–Utilizamos preservativos.

–Pues resulta que no son seguros al cien por cien.

–¿Estás segura de esto?

Examinó sus facciones. Parecía diferente. Cansada, quizás. Y asustada.

–No habría venido a hablar contigo de no estarlo. Me hice la prueba en Londres. Por eso he vuelto a París.

Thierry la miró una vez más a los ojos y pensó que lo más razonable sería hacerse una prueba de paternidad. Se habían conocido durante dos semanas, pero tenía la sensación de conocerla mejor que a las otras mujeres con las que había salido.

Incluso mejor que a Sandrine. Sandrine, la niña que había crecido a su lado y a la que había querido con todo su corazón.

El recuerdo sirvió a su propósito: fue como si se hubiera dejado caer en las aguas gélidas de un río de montaña.

–¿Qué clase de prueba te has hecho? ¿Una de farmacia?

–Sí.

–Lo primero que hay que hacer es que lo confirme un médico –declaró, y fue hasta su mesa.

El alivio que vio brillar en los ojos de Imogen le intrigó. No parecía una mujer que pretendiese cazar a un hombre con un embarazo, sino una mujer muerta de miedo.

—Bueno, ya está —dijo Thierry con su maravillosa voz, al salir de la consulta.

Se había sentido resentida con él durante toda la consulta, quizás por su insistencia en estar presente, como si no se fiara de ella. O quizás por vergüenza, ya que el médico, a pesar de toda su profesionalidad, estaba claro que la juzgaba y que lo apoyaba a él. De hecho, se había dirigido siempre a él, como si ella no pudiese comprender. O como si fuera un inconveniente.

—¿Qué es lo que está?

Él no contestó. Llevaba la mirada baja mientras caminaban, pero a pesar de que parecía perdido en sus propios pensamientos, sentir su mano en la espalda resultaba tranquilizador. Se sentía protegida, y en el momento en que se encontraba, su protección era bienvenida.

Desde que había descubierto su enfermedad, había tenido la sensación de que entre el mundo y ella había una pared de cristal. Solo el tiempo que había pasado con él le había parecido real. Pero lo del embarazo... nunca se había sentido tan sola en toda su vida. Ser responsable de otra vida precisamente cuando se enfrentaba al final de la suya... ¿cómo iba a arreglárselas?

Se llevó la mano al vientre. Su bebé. No iba a tener ocasión de verlo crecer, ni de ser una verdadera madre para él. Pero haría lo que fuera por protegerlo, por que ese niño tuviera una oportunidad en la vida.

—Ya estamos en el coche.

Thierry le abrió la puerta y ella se sentó en aquel

deportivo brillante que parecía recién salido de una revista y que se movía con la potencia de una bestia que ansiara los campos abiertos.

Cerró los ojos. El coche se puso en movimiento. Poco después los abrió. El tráfico era muy denso.

–¿Adónde vamos?

–A tu hotel. Me ha parecido que necesitabas descansar, y tenemos que hablar.

Imogen frunció el ceño al ver una señal de tráfico.

–No estoy donde la otra vez.

–¿Dónde entonces?

Se lo dijo.

–¿Y qué narices haces ahí? –le espetó él.

–Me he gastado todo el dinero que tenía para las vacaciones. Me volvía a casa, ¿te acuerdas?

No dijo que había tenido que echar mano de sus últimos ahorros. Aún le quedaba algo en Australia, pero lo iba a necesitar para sus últimos meses.

–La otra vez no me dio la sensación de que tuvieses problemas de dinero.

Le pareció que su tono era acusador.

–Pues lo creas o no, no me alojé en un hotel de cinco estrellas para echarle el guante a un rico...

–Yo no he dicho eso.

–Ya te lo conté –respondió ella, intentando mantener la calma, aunque en realidad sentía ganas de gritar. Ya era bastante duro tener que lidiar con la mano imposible de cartas que la vida le había dado sin tener que aguantar también sus dudas, por muy razonables que fuesen–. El viaje era una experiencia de las que se hacen solo una vez en la vida, y me he permitido cosas que nunca antes habría podido permitirme. Ahora toca volver a la realidad.

Hicieron el resto del viaje en silencio, y también en silencio entraron en un piso de un precioso edificio anti-

guo situado junto al Sena. Una mirada al espacioso salón desde el que se veían imágenes del centro de París
le bastó para darse cuenta de que había entrado en otro
mundo, un mundo en el que la riqueza se medía en unas
cifras con tantos ceros como ella no había visto nunca.

—Siéntate, por favor.

Imogen se sentó en un sofá rojo intenso que encajaba perfectamente con los cuadros abstractos en gris,
rojo y amarillo que había sobre la chimenea. Un instante después, le pasaba una copa.

—Es agua con gas, pero puedo hacer un café o un té
si lo prefieres.

—El agua está bien.

Él fue al bar, se sirvió algo, se lo bebió de un trago,
y tras llenar de nuevo la copa, volvió junto a ella.

—¿Estás bien?

Qué pregunta más tonta. Pues claro que no estaba
bien. La sorpresa debía de haberle dejado desubicado.

Sin embargo, su respuesta fue alzar las cejas. ¿Por
qué? ¿No se esperaba que se hubiera dado cuenta de
que no tenía el control absoluto de la situación?

Aunque, bien pensado y mirándolo con atención,
considerando aquellos hombros tan anchos que parecían capaces de soportar cualquier peso, o aquellos ojos
brillantes y la mandíbula firme, se dio cuenta de que
por sorprendente que hubiera sido su noticia, Thierry
Girard era más que capaz de asimilarla.

Exactamente la clase de hombre que necesitaba.

—¿Estás absolutamente segura de que es mío?

Imogen se quedó rígida, y apretó tanto la copa que
tenía en la mano que temió que el cristal se rompiese.

—Sería perfectamente factible que hubiera habido un
hombre en Venecia, otro en Reikiavik y otro en Londres.

Imogen tragó saliva.

−¿Crees que eso también estaba en mi lista? ¿Echarme un amante en cada parada?

A pesar de su respuesta, empezó a dudar. ¿Por qué había pensado que iba a ayudarla? Se lo habían pasado bien juntos, pero ella no había sido más que diversión, un revolcón fácil.

Lentamente, dejó la copa en la mesa que había junto al sofá y recogió su bolso.

−¿Adónde vas?

Imogen parpadeó varias veces. No podía permitirse el orgullo. Tenía que pensar en el bebé.

−No lo hagas.

En un par de pasos se plantó ante ella y con el pulgar le rozó el labio inferior. Fue entonces cuando se dio cuenta del sabor de la sangre que tenía en la boca. Se había estado mordiendo el labio sin darse cuenta, y lo que era aún peor: estaba sintiendo un deseo acuciante de sacar la lengua y lamer su dedo.

−Deja de torturarte esa boca tan preciosa que tienes.

−Yo no...

Volvió a la mesa y bebió un largo trago de su copa. El escozor del labio le recordó que tenía que centrarse. Respiró hondo y clavó la mirada en un punto de su corbata.

−Si quieres, me hago una prueba de paternidad. Y, cuando me creas, necesitaré tu ayuda.

Capítulo 4

¿AYUDA?

En forma de dinero, claro.

No le había pasado desapercibido el modo en que había mirado su piso, cómo había acariciado con la mano el brazo de aquel sofá de diseño, y el vistazo que le había echado a la obra de arte del Modernismo que tenía sobre la chimenea.

Pero, si de verdad estaba embarazada de él, ¿por qué no iba a esperar que la apoyase?

Podía permitírselo. Había trabajado como un condenado para reflotar la empresa familiar, no solo para sus abuelos y sus primos, sino para sí mismo. De hecho, había sido una sorpresa para él ser consciente de que la seguridad económica que siempre había dado por sentada estaba en peligro y podía desaparecer mientras él viajaba por el mundo siguiendo sus propios designios. Años de una mala gestión tras la muerte de su padre se habían cobrado su precio en la fortuna de la familia.

Pero en esos momentos ya estaba asegurada.

El embarazo no era una enfermedad, sino la cosa más natural del mundo. Sin embargo, la tensión que desprendía Imogen, su palidez y las sombras oscuras que tenía bajo los ojos le dejó inquieto y tenso.

Se acercó a la ventana, pero no fueron las luces de la tarde lo que vio, sino a ella reflejada en el cristal. Tenía los hombros hundidos y pareció encogerse. Aquella mujer no tenía nada que ver con la Imogen que él había conocido.

—¿Qué clase de ayuda quieres? ¿Has pensado abortar?

Sola en un país extranjero, quizás fuera esa clase de ayuda la que buscara, sobre todo si era cierto que se había quedado sin dinero.

Tomó un trago de coñac y le sorprendió que le supiera tan amargo. Miró la copa frunciendo el ceño y la dejó sobre la mesa.

—¿Es eso? —insistió—. ¿Quieres deshacerte del bebé?

Esa solución acabaría con sus problemas de un plumazo, pero se le revolvió el estómago al pensarlo.

—Supongo que sería una solución, sí —contestó ella, bajando la mirada—. A lo mejor es egoísta intentar...

—¿Intentar qué?

Se agachó delante de ella, sin saber si abrazarla o si zarandearla por pensar siquiera en destruir a su hijo.

¿Su hijo? ¿Tan fácil era convencerlo de algo?

Quizás. La adrenalina hacía que le latiese el corazón con fuerza, igual que ocurría cuando esperaba al principio de una pendiente traicionera cubierta de nieve. Y es que en lo más hondo no tenía sospecha alguna de que ese bebé no fuera hijo suyo.

Imogen levantó la cara y se le aceleró el pulso. Sus ojos, más verdes que marrones, brillaban con desmesura.

—Tenía la esperanza de que... —se encogió de hombros—. Quiero darle a mi hijo la oportunidad de vivir. ¿Tan equivocada estoy?

—Por supuesto que no —Thierry tomó sus manos. Las tenía heladas—. Entonces, quieres seguir adelante con el embarazo.

—Sí —contestó ella, apretándole las manos con una fuerza sorprendente—. Es lo que quiero.

—Bien. Una cosa aclarada.

Soltó sus manos y se levantó. Era difícil pensar

cuando ella lo tocaba, devorándolo con la mirada como si fuera su última esperanza. Le embarraba el cerebro.

Se sentó en un sillón y la miró, preguntándose qué tendría aquella mujer para despertar en él semejante instinto de protección, siendo como era un hombre que se había pasado la vida huyendo de cualquier posible compromiso. Hasta que su abuelo se había puesto enfermo.

—Y quieres que yo te ayude.

—Sí, por favor.

Pero en lugar de mirarlo, se llevó la copa del agua a los labios. Estaba empezando a tener la sensación de que le ocultaba algo.

—¿Y de qué modo quieres que te ayude?

Llegaba el momento de que le pidiera dinero. Era lo lógico.

—Quiero contar con tu ayuda si algo sale mal —respondió aún sin mirarlo.

Thierry puso las manos en los brazos del sillón.

—¿Mal? ¿Y qué iba a salir mal?

Ella se encogió de hombros.

—Cosas... no sé.

—Eso no suele ocurrir. No si tienes una buena asistencia médica.

Frunció el ceño. ¿Le daba miedo el embarazo? Aquello era muy confuso. ¿Estaba hablando con la misma mujer que quería hacer puenting, escalar en un glaciar y ver los volcanes de Islandia?

—¿Necesitas dinero para los gastos médicos? ¿Es eso?

Había dado por sentado que económicamente no tenía problemas, dado el hotel en el que se había alojado en su primera visita a París.

—No —contestó, negando con la cabeza—. En Australia no tendré problemas en ese sentido. La Seguridad

Social lo cubre todo. Además, tengo algunos ahorros que aún no he tocado.

«En Australia...».

Así que no tenía pensado quedarse allí durante el embarazo. Mejor no pensar en el vacío que estaba sintiendo en las tripas, porque no podía ser desilusión. Su estilo de vida, y más aún si pensaba en el que iba a retomar, no dejaba lugar para un bebé. Además, los niños estaban mejor con sus madres. Era lo que decía todo el mundo. Si lo deseaba, podía ir a conocerlo cuando hubiera nacido.

Pero el descontento no se disipó.

Ni la sorpresa. No quería estar con él. Ni quería su dinero. Solo su ayuda, y si las cosas salían mal.

Cualquier hombre se sentiría aliviado al ver cómo lo descargaban de responsabilidades, pero él sintió curiosidad, no alivio.

—¿Qué es exactamente lo que quieres de mí, Imogen?

Entonces ella alzó la cabeza y lo miró directamente a los ojos. Thierry sintió un golpe en el pecho, como si el corazón le hubiera latido con demasiada fuerza.

—Quiero saber que estarás ahí cuan... si algo me ocurriera. Que te ocuparás del bebé.

Cambió de postura y su mirada solo se podría describir como desesperada. Él sintió como si una mano fría se le posara en la nuca. ¿Qué estaba pasando?

—Estoy sola. Mi madre y mi hermana han fallecido, así que si a mí me pasara algo... sé que hay familias maravillosas deseando adoptar un niño, pero no podría soportar la idea de que a mi hijo lo tuvieran que poner en custodia del Estado.

—Eso no tiene por qué ocurrir. El niño y tú vais a estar bien.

No le gustaba nada oírla tan desesperada y temerosa.

–¿No tienes a nadie en Australia? –se le ocurrió de pronto–. ¿No tienes familia?

–No, pero estoy acostumbrada a cuidarme sola –respondió, irguiéndose un poco.

Thierry frunció el ceño. Él no estaba acostumbrado a cuidar de nadie, pero imaginársela embarazada y sola no le gustó. Más aún: sintió una especie de corriente eléctrica recorrerle el cuerpo.

–¿Y tu padre?

–No sé dónde está. Siempre se ha movido mucho. Trabaja en las minas. Pero aunque supiera cómo ponerme en contacto con él, nunca esperaría que se ocupara de su nieto, teniendo en cuenta que se largó en cuanto supo que mi madre estaba embarazada de gemelos.

Demonios... Thierry apretó los puños al ver la expresión deliberadamente neutra de Imogen, esa clase de expresión que ocultaba dolor. ¿Qué hombre abandonaba a una mujer embarazada de sus hijos?

Entonces recordó el alivio que había sentido cuando pensó que él no era el padre, o que Imogen decidiría abortar, y sintió repulsión al plantearse la posibilidad de que se pudiera parecer a su padre.

–No tienes que preocuparte por eso, que no saldré corriendo –respondió con aspereza.

Era una de las cosas de las que siempre se enorgullecía: su capacidad para enfrentarse al miedo. En su juventud lo había sentido al enfrentarse a las pistas negras en las que era fácil abrirse la crisma mientras las esperanzas de toda una nación pesaban sobre sus hombros. Más tarde, al enfrentarse a deportes de riesgo y ascensos en territorios casi inhabitables con su amigo Orsino Chatsfield. Y más recientemente, al plantarle cara al horror último: encadenarse a una mesa de trabajo, encerrado entre cuatro paredes.

–¿Te harás cargo de nuestro hijo si yo muero?

Thierry se levantó de golpe.

–No vas a morir.

Años atrás, había sido el primero en llegar a un accidente ocurrido en un rally por el desierto. El conductor involucrado murió en sus brazos mientras esperaban al helicóptero de rescate, y jamás había vuelto a sentirse tan indefenso en toda su vida. No estaba dispuesto a pasar por lo mismo con Imogen.

–Vas a tener un embarazo sin contratiempos, el bebé nacerá sano y disfrutarás de una vida larga y feliz como madre.

Y, seguramente, como esposa de alguien.

–Pareces muy seguro.

Una tímida sonrisa, en esa ocasión real, se dibujó en sus labios.

–Es que lo estoy.

–Gracias, Thierry.

Apartó la mirada, pero no sin que él se diera cuenta de que un brillo de emoción había aflorado a sus ojos, algo que le hizo sentirse extraño.

–No –dijo y, agachándose, le quitó la copa de las manos y la hizo levantarse. Era más pequeña de lo que la recordaba al ir con zapato plano. Olía maravillosamente a vainilla y dulzura–. No tienes por qué llorar.

Volvió a intentar sonreír y le acarició la mejilla.

–Eres un buen hombre, Thierry Girard.

La mezcla de emociones le hizo parpadear. O quizás fuera la extraña sensación que tenía en el estómago, casi como si se hubiera lanzado a un barranco.

¿Un buen hombre? Centrado, sí. Egoísta, también. Con debilidad por la aventura y las mujeres guapas, y con un instinto para los negocios que había sorprendido a todos, incluido él mismo.

Notó que iba a apartar la mano y se la sujetó. Le gustaba su tacto.

–¿Qué pasa, Imogen?

Le estaba ocultando algo. Lo veía en su forma de apartar la mirada, como si temiera que pudiese ver demasiado, pero ¿qué podía ser? Estaba dispuesto a aceptar que el niño era suyo, aunque sus abogados le aconsejarían que se hiciera una prueba de paternidad.

–Nada, aparte de un embarazo inesperado.

–Imogen...

Puso la mano libre en su nuca y el contacto con su pelo le recordó cuando aquellos bucles caían sobre los dos, desnudos en la cama. Cuando había tirado de ellos para que echase el cuello hacia atrás y poder besárselo. Su sabor.

Un fuego le quemó entre las piernas. Podía soltarse. Bastaría con que diera un paso atrás o que le dijera que lo soltara, que era lo que la voz de la razón le aconsejaba que hiciera para no complicar una situación ya de por sí bastante complicada.

Pero no lo hizo.

Y ella tampoco. Permaneció quieta, mirándolo con los párpados entornados. Aquella mujer era una contradicción, vulnerable e inflexible, sorprendente, un misterio que quería resolver.

Tenía los labios entreabiertos y se acercó. Necesitaba saborearlos. Había pasado demasiado tiempo desde la última vez. Pero se equivocaba. Las sensaciones explotaron nada más rozarla. Nada de un tímido aperitivo, sino un apetito voraz que no había saciado desde que ella se marchó de París.

Y ella lo besó a él con el mismo apetito, la misma necesidad. Le puso una mano en la nuca y apretó los dedos como desafiándolo a separarse, y Thierry sintió otra detonación en su interior.

Imogen dejó escapar un sonido gutural que lo volvió loco. Desde el primer momento, le había atraído su pasión, su entusiasmo. ¿Cómo había podido pasar sin él? Era como la lluvia mansa tras la sequía, pura ambrosía tras la hambruna.

Le rodeó la cintura con los brazos para pegarla a su cuerpo y que acogiera en su dulce vientre su erección.

En su vientre.

Su hijo.

Una tensión desconocida le dejó rígidos los hombros y el cuello, una tensión que nada tenía que ver con el sexo.

Se separó de ella y respiró hondo. Tenía las mejillas y el cuello sonrosados, los labios rojos de sus besos y los párpados entrecerrados. Lo que él quería era quitarle la ropa y poder perderse en su cuerpo. En el cuerpo que llevaba en su interior una vida nueva y frágil.

El cuerpo de una mujer que temía aquel embarazo como si fuera para ella una amenaza física.

¿En qué estaba pensando?

En nada. Ese era el problema. Que no pensaba. Estaba haciendo lo que había hecho siempre: dejarse llevar por el placer que llamase a su puerta.

De pronto se irguió, bajó los brazos y el horror por su falta de control lo asfixió. Teniendo más de treinta años como tenía, ya era más que hora de que lograse mantenerlo, ¿no?

–¿Me vas a decir ahora la verdad? –preguntó, dando un paso atrás. Había mucho más que comprender.

–¿La verdad? –aquellas dos palabras le sonaron a Imogen a un idioma desconocido–. ¿Qué quieres decir? –preguntó, sintiendo que estaba a punto de desmayarse, de lo abandonada que se sentía al no tener su cuerpo.

Lo deseaba. Deseaba tener su cuerpo, su sabor a

coñac y chocolate. Quería estar desnuda con él, perderse en el éxtasis. Pero aun estando tan cerca, parecía muy lejos. Sus ojos eran ilegibles; su rostro, tenso. Sospechaba.

—¿Qué es lo que no quieres que sepa? ¿Qué me ocultas?

Imogen dio un paso atrás. Se le desbocó el corazón.

—Sé que este embarazo ha sido una sorpresa, pero es real. Ya has oído al doctor —el orgullo acudió en su ayuda y le hizo erguirse—. ¿O es que dudas de que seas el padre?

—No es eso. Hay algo más. Ocultas algo, y no pienso hacer nada hasta que me lo cuentes —sentenció él, cruzándose de brazos.

No quedaba ni rastro del amante que recordaba, ni del hombre apasionado de un segundo antes. Había pasión, sí, pero también algo formidable.

—¿Estás dando marcha atrás? ¿No vas a intervenir si me ocurriera algo?

Ni siquiera estaba segura de si podría llevar el embarazo a término, pero tenía que pensar que sí. Y tenía que saber que habría una persona que se ocupase del niño cuando ella no estuviera ya.

—No te enfades —le dijo él, rozándole el brazo—. Lo único que quiero es que me digas la verdad. Tengo derecho a ella, ¿no crees?

—Ya te he dicho la verdad. El niño es tuyo.

Thierry permaneció en silencio, y ella sintió su escrutinio como si fuera un peso real que la aplastase.

—No podré ayudarte si no me cuentas lo que te preocupa.

—¿Ayudarme?

—He dicho que lo haría y soy un hombre de palabra —le dijo con tal autoridad que no pudo sino creerle.

No había pensado decírselo tan pronto. Temía que,

si se daba cuenta de que de verdad podía darse el caso de que tuviera que hacerse cargo del niño, se asustara, pero se merecía saberlo, ¿no? Cuanto antes asimilara lo que se le venía encima, mejor.

–Sea lo que sea, seguro que saldrá bien.

Imogen tuvo que reírse, pero su risa sonó tan áspera y gutural que traicionó la debilidad con que mantenía la calma.

–No va a salir bien. Ese es el problema –su voz sonaba áspera y rasposa–. No voy a ser madre y no voy a conocer a mi hijo –un dolor como una bola de metal frío se le asentó en el estómago, paralizándola–. Me estoy muriendo.

Capítulo 5

LA HORA siguiente pasó en un abrir y cerrar de ojos, lo cual fue un alivio. Ya había soportado bastante dolor y tristeza, y aunque ambas cosas amenazaban como buitres, la presencia de Thierry los mantenía a raya.

Dos cosas sobresalían. La primera era lo pálido que se había quedado al oír la noticia. Incluso las líneas de expresión de alrededor de sus ojos se habían transformado en arrugas que hablaban de estupor más que de humor. Y la segunda había sido su amable solicitud al invitarla a sentarse y ponerle una bebida caliente en las manos.

Su contacto había sido impersonal, lo más lejos posible del apasionado de antes. Morirse era así: creaba una barrera invisible pero infranqueable que nadie quería traspasar. Lo había visto con su madre. La gente mantenía las distancias, como si un tumor cerebral pudiera ser contagioso.

—Tenemos que llevarte a un especialista —dijo Thierry. Incluso su voz había cambiado.

—Tengo otra cita en Sídney dentro de un par de semanas.

—¿Tanto tiempo tienes que esperar?

Ella se encogió de hombros.

—No tengo prisa, Thierry. Ya pasé por ello con mi madre y sé qué me espera. Aunque...

Se llevó la mano al vientre, aterrada. No había pensado en el peligro que podía correr su bebé.

–No.

Thierry se agachó delante de ella y puso la mano sobre la suya con firmeza. Tenía una mano encallecida, como si se dedicara a algo más que a asistir a reuniones. Su contacto desprendía calor. ¿Sería cosa de su imaginación, o de verdad la tensión que le bloqueaba los hombros había empezado a relajarse?

Entonces dijo algo que estuvo a punto de derrotarla.

–No estás sola, Imogen.

No hizo promesas ridículas de curarla cuando no había cura, o de arrancarla de las garras de la muerte. Eso no habría significado nada.

Pero las palabras que había pronunciado rompieron el muro que había construido en torno a su corazón, logrando que se sintiera menos desesperada.

–Tienes que descansar. Estás agotada.

Eso era cierto. Llevaba una semana casi sin dormir. Como si pensarlo lo hubiera provocado, bostezó.

–Tienes razón. Mejor me voy al hotel.

A modo de respuesta, Thierry la tomó en brazos con un movimiento fluido. Tenía su mejilla a escasos centímetros de la suya y bajo su mejilla oía latirle el corazón.

«Estás a salvo», parecía decir.

Por una vez, Imogen no quiso escuchar aquella vocecita interior que le decía que nada ni nadie podía mantenerla a salvo ya. Pero decidió recostar la cabeza en su hombro. Aunque fuera solo por un momento, era muy agradable sentir que alguien la cuidaba. Era una novedad a la que sería fácil acostumbrarse.

Pero no iba a tener esa posibilidad.

Cuando el sol se despertó, también lo hizo ella. Debía de haber dormido toda la noche de un tirón y, aunque se sentía un poco mareada, se levantó y apoyándose en la pared, fue al baño. El dolor de cabeza había vuelto. Era el primero desde hacía semanas, pero se agarraba al cráneo como un pájaro gigante que hubiera hundido las garras en su cerebro.

Estaba de nuevo en la cama cuando la puerta del dormitorio se abrió. Thierry tenía el pelo mojado, vestía pantalones de traje gris marengo y camisa blanca abierta en el cuello. A pesar del dolor, Imogen sintió placer al verle y lamentó no tener ninguna foto de él. No se le había ocurrido hacerlas, ni siquiera para verlas más adelante. Había intentado no pensar en el futuro mientras estaba con él.

—¿Cómo te encuentras?

Se sentó en la cama e incluso a través de la fina manta sintió su calor. Ojalá pudiera aferrarse a él y no soltarle nunca.

Respiró hondo. Tenía que ser fuerte. No podía confiar ni en él, ni en nadie. Lo miró con los ojos un poco entornados y vio preocupación en su semblante.

—Bien —mintió, solo para que no se preocupara más—. Es solo cansancio.

Eso, al menos, era cierto.

—¿Estás segura? ¿No necesitas que te vea el médico?

—Nada de médicos. Ya he tenido suficiente por ahora —dijo. Bastantes tendría cuando volviera a Sídney—. Estoy bien, de verdad. Solo cansada.

—Te he traído cruasanes y zumo por si tienes hambre.

Ella contestó negando con la cabeza.

—Tengo reuniones toda la mañana y no he podido cancelarlas.

—Qué tontería. Ahora mismo me levanto y me vuelvo al hotel.

—¿De verdad piensas que voy a permitírtelo?

—¿Disculpa?

—¿Qué clase de hombre crees que soy? —la ira salía de sus ojos oscuros a borbotones—. Te quedarás aquí mientras estés en París. Solo quiero saber si puedo dejarte sola esta mañana.

–Pues claro que puedes. No soy tu responsabilidad.

Su cerebro le ordenó que se moviera, pero ni su cabeza doliente ni su cuerpo cansado quisieron hacerlo. Aun así, apartó la ropa de la cama, dispuesta a levantarse.

Una mano la agarró por la muñeca y volvió a poner la ropa donde estaba.

–No –su voz fue más una caricia que una orden, y se llevó una sorpresa al sentir un estremecimiento devastador–. Ya hablaremos de ello luego, cuando hayas recuperado algo más de energía –volvió a acariciarle el pelo y su contacto fue mágico–. Por ahora, lo que necesitas es dormir. Prométeme que te quedarás aquí hasta que yo vuelva.

Fue por pura debilidad, y no sin sorpresa se oyó decir:

–Solo un rato más.

Cuando por fin se despertó, en plena tarde, se sorprendió de encontrarse bien, sin esa especie de resaca que le quedaba después del dolor. Se levantó despacio y entró en el baño, y vio que su neceser estaba sobre la encimera. Sorprendida de nuevo, se dio la vuelta y vio su maleta cerrada en la otra esquina del dormitorio. ¿Habría ido al hotel a recoger sus cosas? ¿Cómo lo habría logrado? En un hotel no le daban a cualquiera el equipaje de un huésped, ¿no?

Debería sentirse molesta, pero la idea de poder cambiarse de ropa era estupenda, de modo que se desnudó, y entró en la ducha. Seguro que había utilizado esa combinación innata tan suya de autoridad y sonrisa. La persona con la que había tratado en el hotel debía de ser una mujer.

Salió del baño y echó mano de los vaqueros, pero se detuvo al ver la maravillosa luz de la tarde que entraba por el ventanal.

El día anterior estaba demasiado agotada para preocuparse por otra cosa que no fuera cómo darle la noticia a Thierry. Ya podía comprar el billete de vuelta a Sídney: se llevaba su promesa de que se ocuparía del niño, lo cual quería decir que aquella noche iba a ser la última que pasara en París.

Soltó los vaqueros y abrió la maleta. Si aquella iba a ser su última noche allí...

Quince minutos después, se miraba en el espejo. El vestido de encaje rojo de Izzy se le ceñía más de lo que se imaginaba, lo que lo hacía más adecuado para la noche que para la tarde, pero no le importó. El rojo le daría la energía y el valor que iba a necesitar. Además, siempre le había encantado ese color, aunque en casa nunca se lo habría puesto. Llamaba demasiado la atención. Pero no estaba dispuesta a parecer un ratoncillo asustado en su última noche en París.

Thierry alzó la mirada al oír ruido de pasos. Bueno, no solo pasos, sino tacones, y el corazón se le revolucionó al ver algo rojo aparecer en la puerta. Voluptuoso, glorioso, sexy. El color ofrecía un contraste perfecto con el blanco de su piel por encima del escote cuadrado.

Se había dejado el pelo suelto, que le caía en bucles hasta los hombros.

Su entrepierna se resintió. Imogen solo llevaba el pelo suelto en la cama. Eso había formado parte de su placer secreto: el tenerlo entre los dedos e inhalar su suave fragancia.

Bajó la mirada hasta el borde de la falda y más abajo aún, hasta llegar a los zapatos rojos de tacón de aguja.

El aire le salió de los pulmones como un globo que se pincha, y la excitación peleó con la incredulidad.

¿Cómo podía tener semejante aspecto si se estaba muriendo? La palabra se quedó flotando en su pensamiento como una mancha oscura. Se había pasado la noche intentando asimilar la noticia, pero incluso en aquel momento seguía pareciéndole imposible.

—Estás increíble —dijo él con voz ronca.

Ella abrió mucho los ojos.

—¿Sí? Gracias. Necesitaba algo que me diera valor para pasar mi última noche en París. Quería estar... —dudó—. Bien.

Thierry sintió una oleada de culpabilidad. ¿Cómo podía sentir deseo por una mujer que estaba fatalmente enferma? Porque no podía ni levantarse de la silla, por miedo a que ella pudiese comprobar hasta qué punto le parecía que le quedaba bien el vestido.

—Estás más que bien. Estás espectacular.

El rojo le puso color en las mejillas y el descanso le había atenuado las ojeras. Implacable, arrinconó el deseo de abrazarla, hacerse con aquella boca de labios suaves y explorar su magnífico cuerpo.

Porque se estaba muriendo.

—¿Disculpa?

Sabía que había hablado, pero el ruido de su propia sangre le había impedido oírla.

—Te he preguntado si tienes wi-fi. Necesito comprar el billete de avión. Debería regañarte por haber recogido mi equipaje sin permiso, y debería volverme al hotel —hizo una pausa y miró hacia la ventana—. Pero no quiero perder el tiempo. Esta será seguramente mi última noche en Francia y tengo otras cosas que hacer.

—¿Otras cosas? —repitió él. ¿Vestida así? Sin darse cuenta se levantó, dejando caer los papeles en los que había estado trabajando—. ¿Qué cosas?

Yendo así, los hombres se arremolinarían en torno a ella en cuanto pusiera un pie en la calle.

Una tímida sonrisa le iluminó la cara y él se preguntó, sin poder evitarlo, cuánto tiempo más podría sonreír así.

—Estuve tan ocupada la última vez que al final me quedé con las ganas de cenar en uno de esos barcos que van por el Sena.

Él estuvo a punto de decirle que esos barcos iban abarrotados de turistas y que los comentarios del guía por los altavoces iban a echar a perder todo el encanto que buscaba, pero prefirió no estropeárselo.

—Entonces, ¿hay wi-fi?

Dio unos pasos por la habitación y Thierry tuvo que obligarse a apartar la mirada de las curvas perfectas que dibujaba el vestido.

Tuvo que desabrocharse el botón del cuello. Estaba tan sensual, tan increíblemente guapa que costaba trabajo creer que llevase una nueva vida dentro. O que estuviese gravemente enferma.

—Puedo hacer algo mejor —carraspeó—. Le diré a mi asistente que lo prepare todo. Solo necesito que me dejes el pasaporte. La señorita Janvier se ocupará.

—Siempre que pueda pagarte el billete.

Thierry la miró, plantada allí, orgullosa, con sus tacones de aguja. Aquella mujer había admitido necesitar valor para enfrentarse a su última noche en París y que andaba justa de dinero, y sin embargo se negaba a aceptar caridad, cuando sería lo más fácil y razonable.

El corazón se le detuvo un instante y arrancó de nuevo a un ritmo desigual.

Era un misterio. Nunca había conocido a una mujer como ella. Excepto quizás a su abuela, menuda y de modales exquisitos, pero con una dignidad de acero.

¿Sería él capaz de mostrar semejante dignidad estando en su caso? Porque una cosa era jugarse el cuello en una aventura peligrosa, y otra mostrar semejante estoicismo ante el desenlace final. Pensar en lo que tenía por delante le helaba la sangre.

–Me aseguraré de que te pasen la factura –le concedió, a sabiendas de que no iba a ser así–. Déjame el pasaporte para que pueda llamar a mi asistente.

–No sé qué es mejor: si la *tarte tatin* o el escenario –Imogen se recostó en el respaldo, llena como estaba, y miró al hermoso puente iluminado bajo el que iban a pasar–. Sabía que la Torre Eiffel estaba preciosa iluminada, y Notre Dame y los demás edificios, pero es que estos puentes son increíbles.

Aquel recuerdo tenía que guardarlo bien, para poder recuperarlo más adelante, cuando su estado empeorase y las sombras la cercaran.

–Entonces... ¿no es la compañía lo que estás disfrutando? –preguntó Thierry, tomando un sorbo de su copa.

Cuando la miraba así, brillándole los ojos y con aquel pequeño hoyuelo que se le marcaba en la mejilla, el corazón le daba un salto. A la suave luz de las velas que iluminaban la cubierta del barco, su aspecto era sofisticado y encantador, aunque ella sabía bien que a pesar de que la chaqueta de traje le sentase como un guante, su cuerpo era una sinfonía de músculo y hueso. Podía parecer indolente, pero su cuerpo era el de un atleta.

Desesperada, apartó la mirada de él. El embarazo, al igual que la enfermedad, no disminuía su atracción. Puede que incluso al revés: su respuesta era más intensa, más aguda.

–No me dirás que andas buscando un cumplido –respondió, obligándose a sonreír para ocultar sus emociones–. Es maravilloso que hayas querido que mi última noche en París sea tan especial. No puedo decirte lo mucho que significa para mí.

—Ya lo has hecho.

Un gesto de la mano pretendía quitarle importancia a lo que había hecho, pero ella lo sabía bien. Tenía intención de, con el último dinero que le quedaba, pagarse una excursión para turistas, pero en lugar de eso, se encontraba en un barco de superlujo donde ellos dos eran los únicos pasajeros, atendidos por un magnífico personal y disfrutando de una cena que había sido una de las mejores de su vida. El coste de todo aquello debía de ser exorbitante.

—No pretendas quitarle importancia, Thierry. Lo que has hecho... —horrorizada, notó que se le cerraba la garganta—. Deberías dejar que te diera las gracias por lo menos.

Por encima del borde de su copa, él la miró, y una intensa sensación le corrió por el cuerpo, extendiéndose primero por sus pechos para luego ir directa a su vientre. Respiró hondo. Aun sabiendo que su estado debía haber acabado con cualquier deseo que pudiera inspirarle, ella seguía sintiendo ese pulso tan femenino. Había descifrado su expresión, y tenía claro que la veía como una víctima, una figura que movía a compasión y no a deseo.

—¿Quieres darme las gracias? —dejó la copa y se acercó a ella. Casi demasiado—. Bien, porque hay algo que quiero que hagas.

—¿Ah, sí?

—Sí —hizo una pausa tan larga que la tensión le inmovilizó el cuello—. Quiero que te cases conmigo.

Se oyó un golpe e Imogen notó vagamente que algo le mojaba la pierna. Con un movimiento rápido, Thierry sujetó el vaso de agua para que no cayera a la cubierta.

Ella no se movió. Seguía quieta, saliéndosele los ojos de la cara.

–Ah, gracias.

Se dirigía al camarero, que había aparecido de no se sabía dónde para empapar el líquido y retirar los platos. Thierry se había recostado en su silla y con un brazo apoyado en el respaldo, la miraba con atención.

El camarero se marchó.

–¿Qué has dicho? –preguntó ella.

–Que quiero que nos casemos esta semana.

Parecía tan tranquilo, como si hubiera hecho un comentario sobre lo buena que había estado la cena en aquel hermoso barco, surcando las aguas del Sena, mientras que a ella el pulso le daba saltos.

–No hablas en serio.

–Nunca he hablado más en serio.

Se acercaron a otro puente y por un instante quedaron bañados en luz. Fue entonces cuando vio aquel brillo de determinación en sus ojos oscuros como el café. Y el arrogante gesto de su barbilla.

No era consciente de lo que estaba haciendo, pero oyó el ruido de una silla al rozarse con el suelo y se encontró de pie, caminando torpemente hacia la borda, donde se agarró con ambas manos.

No sabía qué estaba sintiendo. Aquello era ya demasiado. Le temblaban las piernas y el oxígeno no parecía llegarle bien a los pulmones.

–No es necesario –consiguió decir–. ¿Pretendes ser amable así?

–Amable, no. Práctico. Quiero planear el futuro.

Había hablado en un tono persuasivo, sereno, casi demasiado. Pues a ella el corazón le iba a la velocidad de una locomotora.

–Yo no veo dónde está lo práctico en esa idea. Cuando llegue el momento... –se humedeció los labios–. Yo me aseguraré de que tú seas reconocido como padre y...

–¿Y crees que será fácil, reclamar a un niño desde el otro lado del mundo? No importa lo que diga el certificado de nacimiento. Seguro que las leyes australianas son tan complejas como las francesas, y tendré mil obstáculos para reclamar al bebé. Tardaría meses, incluso años. ¿Quieres arriesgarte a que el bebé vaya a parar a un centro de acogida mientras se ponen las cosas en claro?

El dolor fue tan intenso que sintió como si le hundieran una hoja oxidada en el vientre. Inconscientemente se llevó la mano a ese punto, como si quisiera asegurarse de que aquella vida estaba a salvo.

Una mano grande y encallecida fue a cubrir la suya y se encontró frente a unos ojos indescifrables.

–Si nos casamos, no habrá problemas legales. Yo seré responsable del niño. No habrá esperas ni complicaciones. Solo lo que sea mejor para él.

Su tono había descendido y era como chocolate derretido. O quizás fuera el efecto de su mano, tan real, tan segura.

–¿Eres consciente de que existe la posibilidad de que el bebé no sobreviva?

Acababa de poner en palabras el horror que la había acosado desde que supo del embarazo: el miedo de que el embarazo se truncara porque ella no viviese lo suficiente.

La penumbra al estar ya lejos del puente solo le permitió distinguir la firme línea de su mandíbula.

Cuando habló de nuevo, su voz tenía un matiz que no pudo identificar.

–Como tu marido, podré hacer cuanto sea posible para lograrlo. Por él y por ti.

Por un momento se imaginó a sí misma apoyándose en Thierry, tal y como había hecho aquel día. Pero en realidad eran unos desconocidos.

–Este no es mi lugar, Thierry. Mi casa está en Australia.

–Sin embargo, me has dicho que no tienes a nadie que te cuide allí.

–¿Crees que he venido a París para encontrar a alguien que me cuide? –intentó soltarse, pero él se lo impidió–. Soy australiana. Es allí donde debo estar.

–¿Y quién va a cuidarte? No tienes familia. ¿Tienes buenos amigos que vayan a estar a tu lado cada vez que los necesites? ¿Tienes a alguien?

Dicho así, su situación parecía patética.

–Mis mejores amigos viven lejos por trabajo o por familia –y aquel año, con la enfermedad y la muerte de su madre, había dejado de asistir a reuniones sociales, lo que al final la había dejado bastante aislada–. Pero estaré bien. La Seguridad Social...

–No estoy hablando de los gastos médicos –tomó su mano y le depositó un beso en la palma. Un beso que le recordó que aún no estaba muerta–. Hablo de alguien que esté contigo. Alguien que pueda tratar con los médicos cuando estés demasiado cansada. Que esté siempre a mano para cuidar de nuestro hijo.

El corazón se le inflamó. Así explicada, la oferta era irresistible.

–Sabes que tengo razón, Imogen.

Volvió a rozar su palma con los labios y hubo algo en ella, algo egoísta y necesitado, que la empujó a aceptar, y sin decir una palabra, asintió.

Un instante después la abrazaba, apretándola contra su pecho.

Qué alivio. Qué tremendo alivio. Solo esperaba no haber cometido un error garrafal que ambos lamentasen después.

Capítulo 6

SE CASARON el sábado.

Thierry conducía por el saturado centro de París, extremadamente consciente de la mujer que llevaba al lado y cuyas pertenencias iban perfectamente colocadas en la parte de atrás.

Era un hombre casado.

Casado y esperando un hijo.

Sin querer, apretó con fuerza el volante. Sentía que el sudor le estaba humedeciendo la frente y una especie de pánico le acometió. ¿Él, responsable de una criatura? La idea le era tan remota que ni siquiera parecía real. Podía enfrentarse a cualquier deporte extremo con apenas un escalofrío de entusiasmo, pero la idea de ser responsable de otra vida lo llenaba de pavor. No tenía experiencia con niños, ni le gustaban particularmente...

De inmediato cortó la cadena de pensamientos. Se sentía avergonzado. ¿Y qué si no sabía nada de críos? Ya aprendería. Iría paso a paso, lo mismo que cuando se había visto obligado a dejar el esquí de competición por la lesión, o cuando se había visto forzado a hacerse cargo de la languideciente empresa familiar. No tenía derecho a quejarse, estando Imogen...

No. Tampoco quería entrar ahí. Por el momento, bastaba con que estuviera allí, a su lado. Estaba haciendo lo que había que hacer, a pesar de las advertencias de su abogado.

El buen hombre se había llevado una sorpresa, lo mismo que le ocurriría a su familia. Siempre había sido el soltero más recalcitrante del mundo, para desesperación de sus abuelos. Se había jurado no volver a establecer una relación duradera si no podía ser con Sandrine, pero analizar aquel momento de su vida desde la perspectiva presente le resultaba curioso; curioso y sorprendente que hubiera considerado que aquel dolor iba a condicionar su vida entera.

Qué inocente. Aquel dolor no solo no le había destruido, sino que su vida había seguido estando llena a rebosar. Se había pasado aquellos últimos años haciendo precisamente lo que más le gustaba: saciar su apetito de placer, deportes, mujeres y aventuras.

—Pareces feliz.

Se volvió. Imogen lo estaba estudiando, lo cual no era extraño, ya que había puesto su vida en sus manos. La suya y la de su hijo.

—Salir de la ciudad es motivo de celebración, ¿no te parece?

—¿No te gusta la ciudad? Yo creo que París es fabulosa.

Thierry se encogió de hombros.

—De visita, puede, pero donde vamos, el aire es puro. Nada de humos, ni de ruido de coches. Nada de multitudes.

—Yo creía que te gustaba salir.

—Disfruto con una buena fiesta –respondió, evitando a un motorista kamikaze–, pero después de un rato, me cansa tanta charla.

—Entonces, ¿qué es lo que te gusta?

Por el rabillo del ojo vio que lo miraba con curiosidad, como si de verdad quisiera saberlo, y de repente se le ocurrió pensar que todas las mujeres que había conocido tenían sus propias agendas: que se las viera en una determinada fiesta, o con la gente adecuada, y el heredero de la fortuna Girard entraba en esa categoría. Se lo pasaban bien juntos, pero ¿cuántas habían intentado conocer a Thierry el hombre, en lugar de a Thierry, director general , o al heredero de una de las familias más influyentes de Francia? O, en los viejos tiempos, al Thierry atleta famoso...

—No me parece una pregunta muy difícil.

—Me gusta esquiar laderas empinadas y bajarlas muy rápido.

Hubo un tiempo en el que creyó que ese era su destino. Se estaba entrenando para los Juegos Olímpicos de Invierno cuando una lesión en una pierna acabó con aquel sueño.

—¿Y qué más?

—Descenso de aguas bravas. Conducir en rallies. Escalar.

—O sea, que no te gusta estar quieto.

—Podría decirse así. Excepto con montar en globo. No hay nada como eso para poner un poco de perspectiva en tu vida.

No especificó que sus viajes en globo solían llevarle a lugares inhóspitos y peligrosos a los que los turistas no solían acercarse.

—¿Y cuando no estás al aire libre?

—Entonces es que estoy trabajando.

Tiempo atrás se habría relajado con alguna mujer hermosa, pero había ido perdiendo el interés. Hasta conocerla a ella. Incluso en aquel momento, yendo como iba vestida con unos vaqueros y una camiseta, sus curvas ligeras le hacían desear tener contacto físico.

—¿Y a ti, qué te gusta hacer? Y no me refiero a las cosas que tenías en esa lista.

De repente cayó en la cuenta de que aquella lista eran cosas que estaban pensadas para hacer antes de morir. Darse cuenta de ello fue como si una garra helada le apretara el corazón.

—¿Te refieres a mi vida de todos los días?

Thierry asintió. No se atrevía a hablar.

—Pues esa lista sería bastante corriente, como yo. Nada de descenso de aguas bravas.

—«Corriente» no es la palabra que yo elegiría para describirte.

No con sus ganas de vivir, su sentido del humor y aquella encantadora mezcla de pragmatismo y entusiasmo. Y en cuanto a su cuerpo... mejor no entrar en eso, si quería no perder la concentración en la conducción.

Ella se rio, pero la risa sonó áspera.

—Supongo que me consideras más una zona de desastre. De pronto te has encontrado con que tienes que cargar...

—No —la cortó. No era el lugar ni el momento para reabrir el debate sobre si era o no una carga—. No vas a escabullirte tan fácilmente. Dime al menos tres cosas que te hagan feliz.

—Los libros. Me encanta leer. Cualquier cosa: novela romántica, historia, biografías...

—¿Y? Solo has nombrado una.

Imogen dudó.

—Los números. Siempre me han gustado. Hay algo... reconfortante en trabajar con cifras y encontrar el patrón que ordena el caos. Supongo que por eso me dediqué a la contabilidad.

Thierry asintió. Henri, su primo, era igual. Con una hoja de cálculo era feliz. El problema era que, a pesar de que con las cifras era un genio, no tenía talento para dirigir. Hacía poco que había quedado claro que su plan para dejar la empresa familiar a su cargo era una fuente de problemas.

—¿Y la tercera?

—La repostería. Cocinar en general me gusta, pero la repostería especialmente.

—¿Y qué sueles hacer?

Le resultaba curioso ese pasatiempo. No conocía a nadie que cocinase por placer.

Pensó en Jeanne, la cocinera de sus abuelos que él recordaba desde que tenía uso de razón, una mujer ferozmente protectora de sus dominios, con unos brazos tan fuertes como los de cualquier trabajador del campo y unos dedos que sabían pellizcar con fuerza las mejillas de un niño si este no era lo bastante rápido robando pastelillos recién hechos. Imogen y ella no tenían nada en común.

—De todo. Amasar pan es terapéutico, pero me encanta preparar cosas dulces, como galletas danesas o *baklava*. En el trabajo siempre me piden que haga mi bizcocho de miel y chocolate. Como ves, soy bastante aburrida.

—Eres cualquier cosa menos aburrida —contestó él, acelerando a medida que dejaban atrás la ciudad—. Entonces, te gusta estar en casa.

—Sí, supongo que sí.

—Háblame de eso. ¿Cómo es tu casa?

Imogen cambió de postura.

—Estaba ahorrando para comprarme una casa cuando esto... cuando decidí venir a Francia. Estaba de alquiler, compartiendo un piso, pero, cuando mi madre se puso enferma, me volví a casa.

En otras palabras: había cuidado de su madre hasta que falleció. ¿Cómo sería, después de ver languidecer a su propia madre, saber con todo lujo de detalles lo que le aguardaba a ella?

—¿Y cómo era la casa de tu familia? La casa donde creciste.

De nuevo esa risa áspera.

—No tuvimos. Nos mudábamos con frecuencia.

Thierry la miró con curiosidad.

—Mi madre estudiaba para sacarse el título de maestra cuando Isabelle y yo éramos pequeñas, pero le costaba trabajo conseguir un puesto fijo. Nunca nos lo dijo, pero seguramente fue por lo difícil que debió de ser criar a unas gemelas ella sola. La cuestión es que trabajaba como sustituta, de modo que teníamos que desplazarnos donde quiera que se necesitara profesor. Teníamos suerte si pasábamos en el mismo sitio todo un trimestre.

—¿En Sídney?

—Por todo el estado, aunque en sus últimos años trabajó mayoritariamente en Sídney. A esas alturas ya disfrutaba con el desafío de cambiar constantemente de alumnos y de entorno, y decidió seguir trabajando de manera temporal.

—Quizás por eso estabais tan unidas.

—¿Disculpa?

—Cuando hablas de tu madre y de tu hermana, oigo afecto en tu voz, y eso me ha hecho pensar que estabais muy unidas.

Imogen guardó silencio un momento.

—Supongo que en cierto sentido, sí.

—¿Pero no en todos?

—A Isabelle le encantaba descubrir sitios, hacer nuevos amigos y empezar de nuevo. Ella era la extrovertida.

—¿Tú no lo eres?

Recordó cómo se reía la noche que se conocieron en París, la facilidad con la que había bromeado con él, además del entusiasmo que ponía cada vez que probaba experiencias nuevas.

—Yo soy la hermana reservada y cauta. Izzy era capaz de entrar en una clase desconocida y salir de allí al final del día con cinco amigos nuevos. Pero a mí me costaba semanas, incluso meses, y para entonces ya nos teníamos que marchar. A mi hermana todo aquello le parecía una gran aventura, pero a mí... bueno, me gustaba más la estabilidad y la tranquilidad.

De ahí su afición a crear orden en el caos a través de los números. Thierry intentó imaginarse lo que debía de haber sido, para una niña que detestaba los cambios, andar yendo y viniendo por todo el país. Era verdaderamente sorprendente que se hubiese cruzado el globo en busca de aventuras.

—Mi hermana tuvo la valentía de perseguir su sueño y se atrevió a venir a Francia con la intención de trabajar en el mundo de la moda, aunque todo el mundo le decía que lo tenía difícil —continuó, como si le hubiera leído el pensamiento—. Yo me quedé.

—Yo me he pasado la vida buscando aventuras —le confesó él.

—¿Qué clase de aventuras?

—Pues cualquiera que pudiese romper con la monotonía de mi casa. Es que mi niñez fue todo lo contrario que la tuya. Era todo tan estable que casi estaba petrificado. Las cosas se hacían como se habían venido haciendo siempre.

Si para los Girard había estado bien cenar en el salón azul ciento cincuenta años atrás, seguían haciéndolo cuatro generaciones después, aunque aquel salón en concreto fuese una habitación fría a la que no le daba el sol ni en verano. Los varones de la familia ocupaban puestos en el cuerpo diplomático o en el ejército antes de asumir su puesto en la dirección de alguna de las empresas familiares. Las reglas cubrían todos los aspectos de sus vidas, tanto en la esfera íntima como en la pública.

Sus padres habían fallecido siendo él un bebé, de modo que sus abuelos lo habían criado. Un psicólogo diría que lo suyo había sido un acto de rebeldía contra tanta regla y restricción, pero él estaba convencido de que, sencillamente, había nacido con sed de aventura.

—Nosotras no teníamos muchas tradiciones familiares —contestó ella—. Solo reunirnos el día de Navidad y en Pascua. Tal y como hablas de ella, tu familia parece... no sé. Me intimida un poco.

Quizás. Sus abuelos impresionaban un poco, con tanta formalidad y tantas reglas antiguas, pero él los quería como eran.

—Te recibirán con los brazos abiertos. Habían renunciado a la idea de que les llevara una novia a casa. De todos modos, no tienes que preocuparte porque mis abuelos pasan el verano en la casa que tienen al sur. Y mis primos y tíos no viven aquí.

—Entonces, ¿vives con tus abuelos?

La sorpresa era palpable en su tono, ¿y quién podía culparla? Había tenido su propia casa hasta que había empezado a ocuparse de los diversos intereses comerciales de la familia, para lo cual era más fácil vivir allí.

—Te parecerá poco corriente para un tío de treinta y cuatro años, ¿no? —su sonrisa resultó algo tensa al recordar lo mucho que le había costado volver a casa—. Mi abuelo tuvo un ataque hace unos años y me necesitaba, pero no te preocupes, que tendremos intimidad. Hay mucho espacio.

La residencia era tan grande que podían pasarse semanas sin que los viera.

Pensó si debía o no explicarle lo que podía esperar, pero llevaba toda la mañana pálida y con algunas náuseas, lo cual había suscitado en él un inexplicable y visceral instinto de protección. Como si la idea de que fuera a tener un hijo suyo se hubiera vuelto más tangible así. Además, la había notado nerviosa, así que mejor no sobrecargarla con detalles.

–¿Por qué no te recuestas y cierras los ojos un rato? Tardaremos en llegar.

El sol aún brillaba cuando se despertó. No había dormido bien últimamente y el ronroneo del coche la había ayudado a relajarse.

Parpadeó. El ritmo había cambiado, como si el firme fuese diferente. Cuando miró por la ventanilla, se dio cuenta de que habían dejado la autovía. Estaban en lo que parecía un parque, con grandes extensiones de hierba y árboles maduros aquí y allá.

Frunció el ceño. Era una carretera estrecha sin pintar.

–¿Falta mucho?

–Muy poco. Enseguida lo verás.

«¿Lo verás?». Aún estaba medio dormida, pero seguramente se referiría al pueblo al que pertenecía...

El coche subió la loma de una pequeña colina e Imogen se quedó con la boca abierta.

–¿Vives en un castillo?

No podía ser, pero la carretera, una carretera particular, se dirigía directa a una vivienda con unos tremendos muros a los que el sol arrancaba destellos dorados.

–No será tu casa la del guardés, por ejemplo.

Él se volvió y sonrió, y sus órganos internos comenzaron a licuarse.

«No tiene más que sonreírte para que lo tengas todo perdido. No es de extrañar que hayas permitido que se saliera con la suya en esta locura».

Habían pasado ya unas horas desde la ceremonia civil, pero aún le costaba trabajo creerse casada con él.

–¿Estás desilusionada? ¿Preferirías vivir en la casa del guardés?

Contestó negando despacio con la cabeza. Un castillo. A lo mejor eso explicaba la seguridad que había sentido en él desde el primer momento. Era más que la despreocupación que emanaba de su atractivo vestido con ropa formal, o de lo atlético de su magnífico cuerpo. Era algo que llevaba en los huesos. Lo mismo que sus facciones aristocráticas, producto sin duda de generaciones.

–Imogen, ¿no te gusta?

Volvió la cabeza. Los muros se alzaban muchos metros y en ellos no se abrían saeteras, sino espléndidos ventanales que debían de dejar pasar chorros de luz, y al final estaban rematados por rotundas torretas de tejado cónico, como si fueran la ilustración de un cuento.

–No sé. No me imagino viviendo en un castillo.

–Lo llamamos *château*.

–Bueno, pues en un *château*.

¡Un *château*! ¿Podría haber algo más diferente al apartamento de dos dormitorios que compartía a las afueras de Sídney?

–Es como vivir en cualquier otro sitio. La única diferencia es que calentarlo cuesta un ojo de la cara y las facturas de mantenimiento son una pesadilla, pero no te preocupes, que lo hemos ido modernizando –añadió–. Hasta tenemos agua corriente caliente y fría.

–¿Hace mucho que pertenece a tu familia? –quiso saber ella.

–Un par de siglos.

Imogen sintió una tremenda tensión en el cuello. Sabía que se había casado con un hombre con dinero, pero que además fuera un aristócrata... desde luego iba a estar como pez fuera del agua.

«No por mucho tiempo», le recordó aquella persistente voz interior.

El coche se detuvo delante del imponente edificio y la gravilla crujió bajo sus ruedas.

—Bienvenida a tu nueva casa, Imogen.

Sintió que se le cerraba la garganta. Desde luego, aquel hombre era uno entre un millón. Se había tomado con sorprendente tranquilidad la noticia, y no solo había accedido a cuidar del bebé, sino que se había impuesto la tarea de cuidar también de ella.

—No tenías que haber hecho esto.

En aquel momento, estaría sola en Sídney y no allí, en casa de su familia.

—Por supuesto que sí. Eres la madre de mi hijo.

La madre de su hijo. No tenía que olvidarlo.

—¿Estás bien? —preguntó él, tocándole un brazo, y ella sintió la huella de su mano hasta en la última terminación nerviosa.

—Perfectamente —respondió, dedicándole una sonrisa que no debió de resultar muy convincente.

—¿Qué ocurre? —quiso saber él.

Aquellos ojos oscuros como el café veían demasiado.

¿Qué le preocupaba? La salud de su hijo. La suya propia. Su estancia en Francia en lugar de en Australia en aquellos últimos meses. Ser una carga para Thierry y una desagradable sorpresa para su familia.

—Ni tú ni yo queríamos casarnos. No es lo que habías planeado para tu futuro.

Thierry siguió mirándola con aquella expresión indescifrable.

—Las cosas no siempre salen como esperamos, pero soy de la firme opinión de que hay que sacar el mejor partido posible de cada situación —respondió, y tomó su mano—. Esto es lo correcto, Imogen. Confía en mí.

Capítulo 7

IMOGEN dejó la cesta de mimbre en el suelo y se sentó. Por supuesto aquel no era un banco de piedra sin más, sino que había sido acomodado con cojines, igual que todos los demás asientos del jardín, por si ella, Thierry o cualquier visitante decidía sentarse un rato.

Todo en el *château* era así: no solo elegante, sino maravillosamente cuidado. Ningún detalle era insignificante, ni se escatimaban las comodidades, desde los aceites de baño perfumados, hechos a partir de las hierbas que se cultivaban en el mismo *château*, pasando por sábanas blancas que olían a sol y lavanda hasta el ascensor instalado para llegar al último piso, oculto tras paneles antiguos para que no interfiriese en la decoración.

Cerró los ojos y se dejó envolver por el sol de la tarde y la sensación de paz. No se oía ruido alguno, aparte del zumbido de las abejas y de algún motor distante.

Había hecho lo correcto. Lo que importaba era hacer lo mejor para su hijo, y, si para ello tenía que pasar sus últimos meses en un país extranjero, así sería.

Como si vivir en un *château* fuese una ardua tarea...

El ruido de unas pisadas la sacó de su ensimismamiento. Pisadas y voces. Era Thierry. Su voz profunda era un sonido que resbalaba por su cuerpo como caramelo líquido. Mantuvo un instante más los ojos cerrados. Oír su voz era uno de los mayores placeres, aunque estuviera leyendo el pronóstico del tiempo.

—¿Imogen?

Abrió los ojos y se lo encontró de pie delante de ella. Estaba tan seductor como le había sonado su voz, con unos pantalones de traje y una camisa azul pálido desabrochada en el cuello, y como cada vez que lo veía, sintió un estremecimiento de placer.

—Quiero presentarte a mi abuela —dijo, haciendo un gesto hacia su costado. Una dama de corta estatura y cabello gris en la que no había reparado. Dama con D mayúscula, a juzgar por su pelo y maquillaje impecables, un magnífico y sofisticado traje oscuro y el lustre de las perlas que adornaban su cuello. Llevaba medias a pesar del calor, y unos preciosos zapatos con los que ella no se atrevería jamás a pisar aquella grava.

Imogen se levantó y bordeó la cesta de rosas que había estado escogiendo mientras unos ojos oscuros como los de Thierry, pero mucho más penetrantes, la miraron de la cabeza a los pies.

Sabía que llevaba arrugada la camisa, unos vaqueros demasiado viejos y que una de las deportivas de lona se había manchado de barro al meterse demasiado en uno de los parterres. Comparada con la elegancia de aquella mujer, ella parecía un espantajo.

—Bonjour, madame Girard. Je suis ravie de vous rencontrer —balbució. Era la frase que se había aprendido de memoria, pero que los nervios le hicieron pronunciar con torpeza. Rápidamente le tendió la mano, pero tuvo que retirarla al darse cuenta de que no se había quitado los guantes de jardinería.

—Es un placer conocerte al fin.

Su inglés era perfecto, aunque con mucho acento, y la besó en las mejillas sin un ápice de calor.

—Hablaremos en inglés, ya que te resulta más fácil.

—Gracias. Apenas conozco unas palabras de francés.

Estuvo a punto de añadir que había estudiado japonés e indonesio, pero se contuvo, limitándose a quitarse los guantes y a dejarlos sobre el banco.

–Es importante que nos conozcamos mejor. Te has casado con mi nieto, y ahora eres parte de la familia.

En su voz no había ni rastro de la calidez que se le suponía a una bienvenida.

–Y por eso has dejado al abuelo en Provenza y has salido pitando para acá –intervino Thierry–. Me alegro mucho de verte, abuela.

Madame Girard alzó unas cejas de dibujo perfecto.

–No estaba en condiciones de viajar –respondió, y miró a Imogen–. Mi marido no se encuentra bien y necesita descansar, pero nos ha parecido que era importante que uno de los dos viniera a darte la bienvenida a la familia.

En el brillo de aquellos ojos de mirada intensa se leía que el motivo real de aquel viaje era calibrarla, pero ¿quién podía culparla por ello?

Daba igual lo que pensaran de ella, siempre que eso no afectara al futuro de su hijo.

–Es usted muy amable por haber venido, *madame* Girard. Me imagino que la noticia de nuestra boda ha debido de ser una sorpresa tremenda para la familia de Thierry.

–Y también para la tuya.

–Yo no tengo familia.

Sus palabras sonaron con más brutalidad de la que pretendía, a juzgar por el desconcierto de la mujer.

–Lo que quiero decir es que...

–Imogen ha perdido hace muy poco a su madre y a su hermana –terció Thierry, tomando su mano.

Ella la miró y él le apretó la mano y sonrió, gesto que ella le devolvió agradecida. No estaba sola.

–Lamento mucho tu pérdida. Ha debido de ser muy difícil para ti.

—Gracias. Sí, ha sido muy... duro.

—Pero ahora tienes a Thierry.

Imogen parpadeó. ¿Consideraba que se había casado con su nieto porque estaba sola? O lo más probable era que creyera que su dinero había sido el principal aliciente.

—Soy una mujer muy afortunada.

Inesperadamente, sintió los dedos de Thierry en la mejilla.

—Soy yo el afortunado, *chérie* —respondió él con aquel tono profundo y sugerente que no había vuelto a oír en él desde la primera vez que compartieron cama en su primera visita a París, aunque estaba claro que aquella demostración de afecto era en beneficio de su abuela. No quería explicar las circunstancias exactas de su matrimonio. Y ella, menos aún.

—Tú siempre has tenido la suerte de tu lado, Thierry. Y ahora, si nos dejas solas, me gustaría conocer a tu mujer un poco mejor.

No era una petición, sino una orden, pero él la ignoró.

—Entremos a tomar un café. Seguro que Jeanne ha preparado algo al saber que venías.

A Imogen le gustaba saber que estaba dispuesto a cuidar de ella, aunque tampoco estaba completamente indefensa.

—Enseguida vamos. Me encantaría que tu abuela me enseñase el jardín. Seguro que ella conoce el nombre de aquellas preciosas rosas que están al final del camino.

El jardinero le había dicho que *madame* Girard había supervisado su plantación.

—¿Seguro?

Ella asintió.

—De acuerdo. Os espero dentro. Tengo que hacer una llamada.

—Vete, vete, que sé que te he interrumpido. Estaremos bien. No pienso comerme a la chica.

En cuanto Thierry se marchó, *madame* Girard se volvió hacia ella.

—Me ha sorprendido encontrarle trabajando. ¿Es que no queréis disfrutar de la luna de miel?

No se andaba con rodeos, ¿eh? Pero eso le gustaba. Una de las razones por las que nunca se había sentido cómoda en los actos sociales era porque no se le daba bien charlar de tonterías. Aquellas noches en París habían sido la excepción, cuando flirtear con él había sido tan fácil como respirar.

—Tenía mucho trabajo y desde aquí podía hacerlo.

Habían habilitado unas estupendas oficinas en el *château,* que era donde Thierry trabajaba a veces hasta bien tarde, aunque siempre comían y cenaban juntos.

—Aun así, una joven recién casada debe disfrutar más de su marido. Hablaré con él.

—No, por favor. No es necesario. Estamos contentos.

—¿Contentos? ¿Es que no hay pasión entre vosotros, muchacha? ¿No hay fuego?

—No es cuestión de pasión –replicó Imogen, irguiéndose–, sino de sentido común. Cualquiera podría ver que Thierry tiene muchas cosas ahora mismo en la cabeza.

Y ella era una carga. Se había dado cuenta de lo mucho que trabajaba a su vuelta a París. Antes solo había conocido su faceta más despreocupada, la del hombre que disfrutaba subiéndola por primera vez en globo o haciéndola probar su primera copa de champán.

—¿Vas a permitir que el trabajo sea lo primero para él?

—No puedo quejarme. Thierry tiene muchas responsabilidades, y yo ya lo sabía cuando nos casamos.

—Vuestro matrimonio ha sido muy repentino. Thierry no me ha contado cuánto tiempo exactamente hacía que os conocíais, pero no recuerdo que mencionase tu nombre en el pasado.

Imogen la miró directamente a los ojos.

—Ha sido un romance muy intenso.

—Entiendo —dijo, pero no parecía entenderlo en realidad—. ¿Es que teníais amigos comunes? ¿Fue así como os conocisteis? ¿Os movíais en los mismos círculos? —insistió, mirando su ropa arrugada.

Imogen se aferró a la cesta de flores como si pudiera protegerla. Si le hubieran avisado de su llegada, habría podido arreglarse algo más, aunque seguramente esa era la razón de que no hubiera avisado. Aquella señora le parecía muy astuta.

—No, no tenemos amigos comunes. Nos conocimos por casualidad en una fiesta en París, y...

—¿Y te enamoraste perdidamente?

—Algo así —replicó Imogen, mirándola deliberadamente a los ojos.

—Entiendo —sentenció *madame* Girard, ladeando la cabeza—. ¿Y tu trabajo? Porque trabajas, ¿no?

Imogen respiró hondo para recordarse que aquello era normal. Era normal que la abuela de Thierry quisiera saber esas cosas.

—Soy contable. He nacido y vivo en Australia, y estaba en París de vacaciones.

—Donde has conocido a mi nieto, con el que tuviste una tórrida aventura a resultas de la cual te has quedado embarazada.

Imogen sintió que el mundo temblaba bajo sus pies.

—¡Ven, siéntate!

Una mano sorprendentemente firme la sujetó por el brazo y la guio hasta el banco.

—Así está mejor —dijo *madame* Girard, acomodándose a su lado—, porque no tengo paciencia con esa tontería de los desmayos.

—Bien, porque yo no me desmayo —la desafió.

La mujer se rio.

–Me alegro mucho, de verdad –dijo, y asintió–. Con un poco de entrenamiento, podrías incluso quedar bien a su lado.

–¿Disculpe?

Imogen no sabía si sentirse aliviada u ofendida.

–Tu forma de vestir, tu desconocimiento del francés... tendremos que trabajar en ambas cosas si quieres ocupar tu puesto junto a Thierry.

«¿Tendremos?». ¿Pretendía enseñarla ella, o sería cosa de las hormonas del embarazo lo que le hacía oír mal?

–¿Cómo ha sabido que estoy embarazada?

–Jeanne, por supuesto. Lleva años en el *château*. En cuanto se dio cuenta, se puso en contacto conmigo.

–Claro. Comprendo.

Sintió una inesperada oleada de alivio por no tener que guardar un secreto más a aquella mujer formidable. Pero, por otro lado, debería rechazar cualquier ofrecimiento de ese estilo, dado que no iba a quedarse allí a largo plazo, así que no tenía sentido esforzarse por llegar a ser la mujer perfecta para Thierry.

Ser consciente de ello fue como una puñalada, pero mantuvo su expresión neutra. No estaba preparada para compartir esa información con su abuela.

–¿No le importa que Thierry se haya casado tan precipitadamente, o que yo esté embarazada?

–Me importaba hasta que he visto cómo lo miras.

Había una sonrisa en aquellos ojos tan parecidos a los de él.

–¿Cómo lo miro?

–Desde luego, lo miras como lo hace una mujer enamorada.

Imogen dejó de intentar conciliar el sueño y se sentó en el asiento que había bajo la ventana de su dormitorio.

Estaban entre dos luces y en la distancia se veía la silueta de las montañas en color azul. Más cerca del *château* quedaban unos campos verdes y se percibía ese dulce aroma a flores de campiña, o quizás a algo que creciera en el jardín formal.

Se rodeó las rodillas con los brazos y dejó vagar la mirada por el paisaje, pero las palabras de *madame* Girard le robaron la paz.

«Lo miras como lo hace una mujer enamorada».

¿De verdad miraba a Thierry de ese modo?

Lo más probable era que fueran cosas de *madame* Girard, que quería ver a su nieto feliz. Era una anciana inteligente, con un sentido del humor algo cortante que le gustaba, pero sentimental... no tanto como para trastornarle el buen juicio.

«Enamorada».

No lo había estado nunca. Hubo un tiempo en que creyó estarlo de Scott, pero aunque le había dolido el modo canalla en que la había dejado, no le había roto el corazón.

Admiraba a Thierry. Le gustaba y estaba agradecida por cuanto estaba haciendo por ella y por el bebé. Teniendo en cuenta cómo le había recriminado Scott el tiempo que pasaba con su madre agonizante, reconocía lo difícil que era encontrar a un hombre que no saliera huyendo de la cruda realidad, y que además la ayudase con la carga.

Se apartó el pelo de la cara.

No quería su hospitalidad. Cada vez que él, solícito, le separaba la silla de la mesa o le abría la puerta, su impaciencia crecía. Se mostraba cariñoso y atento, pero había una distancia indefinible entre ellos.

Lo que ella quería, lo que necesitaba era su contacto, su pasión. No amor, sino intimidad.

En París se había sentido capaz de enfrentarse al

futuro, a lo que estaba por llegar. Incluso después del tiempo transcurrido lo buscaba en la noche, y acababa despertándose en una soledad aún más desolada por su ausencia.

¿Tan breve había sido la atracción por ella, o era quizás su enfermedad lo que le desmotivaba? O el embarazo, quizás. ¿O se contenía por alguna otra razón?

Un ruido llamó su atención hacia la puerta de Thierry y apretó los dientes.

Aún no estaba muerta.

Thierry estaba quitándose la camisa cuando oyó que llamaban a la puerta, y no a la del pasillo, sino a la que conectaba con el dormitorio de Imogen. Precisamente la puerta que había estado intentando ignorar desde que llegaron, consciente de que ella estaba detrás.

Había estado a punto de cerrar con llave por temor a hacer algo reprensible, como por ejemplo olvidarse de su salud y hacerse con lo que deseaba.

Volvió a ponerse la camisa e incluso se abrochó algunos botones. Fue entonces cuando se dio cuenta de que le temblaban las manos.

–¿Thierry?

Se volvió. La puerta estaba semiabierta e Imogen estaba allí, con el pelo suelto cayéndole por los hombros y el pecho.

Sintió un nudo en el vientre y un martilleo en el pecho que tardó en identificar como el latido del corazón.

–¿Estás bien?

Dio un paso hacia ella y se detuvo. Necesitaba distancia. Aquel camisón revelaba demasiado. El tejido era fino y sus pezones se marcaban, erectos y orgullosos, y sintió un cosquilleo en la palma de la mano al recordar cómo era su tacto. Cómo era su sabor, dulce como sirope y cálido como el sabor de una mujer.

No pudo evitar bajar la mirada y ver la sombra oscura que teñía la unión de sus muslos. Notó un calor abrasador, y el sudor le humedeció la frente, pero al mismo tiempo le dejó la garganta seca.

–¿Qué ocurre? ¿Necesitas un médico?

Ella negó con la cabeza y él contempló, hipnotizado, cómo los bucles de su cabello se abrían y se cerraban a los lados de sus senos. Sabía que Imogen tenía un cuerpo que podía satisfacer plenamente a un hombre, pero lo que estaba descubriendo, empujado por la abstinencia, era que igualmente podía torturar.

–No, no me encuentro mal –contestó–. Quería hablar.

–¿Hablar? –repitió él. Lo último que necesitaba era una charla íntima en su dormitorio–. ¿Puedes esperar a mañana?

Ella volvió a negar con la cabeza.

No podía olvidarse de que Imogen entraba ahora en la categoría de «deber». Ella y el bebé eran su responsabilidad. No podía dejarse distraer por ansias egoístas cuando tenía la obligación de cuidar de ambos.

–Ahora no es momento, Imogen. Es tarde.

Vio que ella abría los ojos de par en par y supo que había sido demasiado cortante. Hundió las manos en los bolsillos del pantalón como si con eso pudiera ayudarse a contener la tentación de tocarla.

–¿Qué es lo que te preocupa? ¿Es por la abuela? Sé que a veces es tremenda, pero sé que le gustas.

–¿Lo sabes?

–Creo que le gusta que digas lo que piensas. No le agrada la gente que se anda con rodeos.

–Lo he comprobado.

–¿Te ha ofendido?

–No, no. De hecho, ella también me cae bien a mí,

aunque ha conseguido que me sienta un desastre con mi forma de vestir.

—Nadie espera que vayas impecable constantemente.

Imogen con tacones y aquel vestido rojo que se le pegaba a las curvas era una imagen que llevaba grabada a fuego en la memoria. Una imagen que no le había dejado dormir muchas noches. Además, le gustaba verla con vaqueros. Hacían que sus piernas parecieran aún más largas.

—Mejor, porque me siento fatal teniendo que seguirle la corriente con los planes que tiene para mejorarme.

—Lo hace con buena intención. Lo de contratar un tutor para que te ayude a mejorar el francés es una idea excelente. Tendría que haberlo pensado yo.

—No es eso. Me gusta la idea de aprender francés —apartó la mirada un instante y volvió a poner sus ojos en él—. Es que no me siento bien fingiendo que soy de verdad tu mujer.

—Es que lo eres. Aunque la ceremonia fuese breve, es legalmente vinculante, te lo aseguro.

—Pero no soy la mujer que va a estar contigo el resto de tu vida. Esto es un acuerdo solo temporal por mi bien.

Él nunca había querido tener a una mujer para el resto de su vida. Desde Sandrine, no, pero no se lo podía decir a una mujer que medía su vida en meses, y no en años, y a la que estaba decidido a facilitar el tiempo que le quedase.

No era solo lujuria lo que le empujaba hacia ella. No la veía solo como una responsabilidad, sino que albergaba sentimientos por ella.

Razón de más por la que centrarse únicamente en su bienestar.

—No olvides que el niño también es mío. Estamos juntos en esto.

Parte de la tensión desapareció de sus facciones, y le

sorprendió lo bien que se sentía de haber sido capaz de lograrlo.

–No tienes que preocuparte de nada. Yo me ocuparé de todo.

E hizo una pausa. Dudaba de si revelarle o no las noticias.

–¿Qué pasa?

–¿Cómo dices?

–Hay algo que no me estás contando.

Thierry frunció el ceño. ¿Desde cuándo era capaz de leerle el pensamiento?

–Nada de lo que tengas que preocuparte –contestó, pero por su expresión no parecía creérselo–. Solo que he logrado concertarte una cita con uno de los mejores espe cialistas del país. Han pedido tu expediente a Australia.

–Ah.

Qué deseo sentía de acercarse, acariciar sus labios y su pelo y decirle que todo iba a salir bien, pero la verdad era que no podía hacerlo.

–Muchas gracias.

Era difícil contenerse. Su abrazo la calmaría temporalmente, pero aumentaría el peligro de que las cosas fueran demasiado lejos, y por primera vez, su fragilidad era evidente en su expresión.

–¿Querías hablar de algo más? ¿De mi abuela, quizás?

–No. Yo solo...

En un abrir y cerrar de ojos, se plantó ante él y puso las manos en sus hombros. Tan cerca estaba que la sintió como la tierra siente al sol, y clavó en él sus ojos del marrón del coñac salpicados de un verde que le recordó al de las montañas. Sintió que hundía las manos en su pelo y que unos ríos de lava derretida le corrían por la entrepierna.

–Necesito darte las gracias –dijo, y puesta de puntillas, con su cuerpo pegado de modo que sintió nítidamente la redondez de sus senos, recibió sus labios calientes y dulces, unos labios que buscaban, que lo torturaban con una promesa.

Un terremoto sacudió la tierra bajo sus pies y apretó tanto los puños dentro de los bolsillos que temió que nunca volvieran a abrirse. Cómo deseaba lo que estaba ocurriendo, demasiado si quería ser capaz de cuidar de ella como se merecía.

La experiencia de toda una vida rindiéndose a la tentación le hizo sacar las manos de los bolsillos y ponerlas en sus costados, sobre unas curvas que amenazaban con destruirle.

Una especie de gruñido se escapó de su garganta y el gemido que ella le devolvió estuvo a punto de empujarle a saltar hacia el precipicio. Bastaría con que abriera la boca y...

Con una fuerza inexplicable, la separó de él y dio un paso atrás. Le temblaban los brazos y el corazón le latía fuera de control, pero lo había logrado. Había logrado hacer lo que debía, que era explicarle que no tenía que darle las gracias a través de su cuerpo.

–No tienes que darme las gracias, Imogen –dijo, con una voz irreconocible–. Así, no.

Algo brilló en sus ojos, algo rápido y punzante que él sintió como una bofetada, pero que desapareció en un segundo, antes de que una expresión que no podía descifrar se asentara en sus facciones.

–De verdad, Imogen –insistió–. No tienes por qué darme las gracias así.

Ella asintió despacio, y antes de que él se diera cuenta de lo que pasaba, estaba ya en la puerta.

–Entiendo. Buenas noches, Thierry.

Capítulo 8

IMOGEN estaba sentada en la silla, con la espalda muy recta, preparada para recibir malas noticias. Su esperanza era que el médico le confirmase que el niño estaba bien, porque la alternativa...

Una mano encallecida se posó sobre la suya y apretó suavemente.

Le sorprendió ver a Thierry a su lado. Estaba viendo cómo el médico estudiaba el resultado del escáner, pero había sentido su miedo.

Eso ya lo había hecho antes. En particular, el día que llegó su abuela. Su caricia en la mejilla la había calmado, confirmándole que estaba de su lado, pero después de lo que había ocurrido la otra noche, se había vuelto una espada de doble filo. El dolor de su rechazo rivalizaba con los dolores de cabeza. Había permanecido inmóvil, soportando su contacto, hasta que por fin la había apartado. No había palabras que pudieran expresar con más claridad que, para él, la parte física de su relación estaba muerta.

Había sido una aventura, nada más.

—*Madame* Girard.

Por fin habló el doctor. Imogen se preparó para lo inevitable, pero al mirarle se encontró con que, en lugar de la expresión grave que reservaban los médicos para dar las malas noticias, aquel hombre parecía animado, complacido. Involuntariamente, apretó la mano de Thierry.

—Es usted un rompecabezas, *madame*.

—¿Sí?

—Sus síntomas describen un patrón clásico, y combinados con el historial familiar...

Abrió las manos como si quisiera decir que no había nada que pudiera hacer por ella.

Se le cayó el alma a los pies y ahogó un gemido de dolor.

Una silla raspó el suelo y Thierry le pasó un brazo por los hombros. Un calor la envolvió, acompañado por el olor a madera y aire libre, con algo más que iba más allá del mero consuelo físico. Se apoyó en él. Jamás en la vida había agradecido tanto sentirse acompañada.

—A pesar de todo ello, me complace decirle que sus dolores de cabeza y problemas de visión no son lo que usted piensa.

—¿Disculpe?

El médico sonrió.

—No padece usted la misma enfermedad que su madre.

El aire se le escapó de los pulmones como un balón que pinchasen.

—¿No?

—Taxativamente. De hecho, puedo decirle que no hay tumor, ni maligno ni de ninguna otra clase.

Su sonrisa brilló.

—No entiendo...

—Nunca ha habido un tumor, aunque según parece su médico de familia, al igual que usted, se temía lo peor —hablaba despacio, leyendo los resultados de las pruebas—. He hablado con su médico y con un colega de Australia, al que usted iba a haber acudido y al que no llegó a ir.

No le pasó desapercibido el matiz de pregunta de su voz, ni la tensión del brazo de Thierry.

—Me pareció que no tenía mucho sentido. Sabía lo que me iba a decir, y yo... —los ojos grises del doctor, llenos de comprensión, la invitaron a seguir–: no iba a ser capaz de enfrentarme al diagnóstico habiendo pasado tan poco tiempo de la muerte de mi madre. Me sentía atrapada –respiró hondo–. Por eso decidí marcharme. Darme un tiempo antes de tener que enfrentarme a todo. Pero... ¿dice que no hay tumor? ¿Qué es entonces?

–Su médico me ha dicho que también ha perdido usted a su hermana recientemente.

¿Por qué narices no se lo decía ya?

–Sí. En un accidente de tráfico.

–Y al poco su madre se puso enferma, ¿no?

–Sí, apenas unas semanas después, pero no sé qué puede tener eso que ver.

–El estrés y el dolor pueden hacer cosas increíbles, *madame* Girard.

–No entiendo respondió, inclinándose hacia delante y saliendo de debajo del brazo de Thierry–. Por favor, dígame qué pasa.

–Me alegra poder informarla de que basándonos en todas estas pruebas, no hay ningún problema físico en usted.

–¡No puede ser! Los dolores de cabeza no son imaginarios. Son tan intensos que incluso pierdo la visión.

El doctor asintió.

–Por supuesto. Dígame: ¿siguen presentándose con la misma frecuencia?

Imogen dudó un instante.

–No. Un poco menos que antes –dijo, despacio–. De hecho, no he tenido ni uno desde que estoy en París.

No podía recordar la fecha exacta y miró por el rabillo del ojo a Thierry, pero él no la miraba, sino que tenía toda su atención puesta en el médico.

–¿Quiere decir que todo esto es resultado del estrés? –preguntó él, tan incrédulo como ella–. ¿No hay una causa física?

–Pero no por eso el dolor es menos real. No tengo ninguna duda de que los síntomas que padece su esposa son tan inquietantes como los que provoca un tumor. Me parece, *madame* Girard, que ha soportado usted unos meses muy traumáticos. El mejor remedio es descansar y... –sonrió de nuevo–, dejar que algo positivo entre en su vida. Un bebé, por ejemplo.

–¿Está hablando en serio?

–Desde luego. Todos los síntomas desaparecerán con el tiempo.

Un sollozo le subió por la garganta y se rodeó con los brazos. Oyó que el médico la tranquilizaba, que podía volver a su consulta más adelante si quería para consultar con él lo que fuera, y del resto no podría decir.

Lo único que registró fue que estaba bien. Su bebé y ella iban a vivir. Todo iba a salir bien.

Pero Thierry no había vuelto a tocarla.

–Me siento como una idiota –dijo, viendo cómo las calles iban quedando atrás a medida que Thierry salía de la ciudad–. No me lo puedo creer.

Él no dijo nada. Miraba hacia delante con gesto de concentración.

Había mucho tráfico, y era normal que tuviera que centrarse en eso. Además, parecía un disco rallado, repitiendo una y otra vez las mismas palabras, pero es que necesitaba hablar de ello para creérselo, para hacerlo real. Se llevó la mano al vientre, llena de gratitud. Aquel era el milagro que no se había atrevido a esperar.

–No me lo puedo creer. La única vez en mi vida que he actuado dejándome llevar por un impulso. Toda la vida siendo cauta, sopesando los pros y los contras, y la única vez que hago algo por impulso...

Aquel día, en la sala de espera de Sídney, la derrota

la había anonadado de tal modo que no había quedado lugar para la duda. Sabía que tenía la misma enfermedad fatal que su madre.

—Debería haberme quedado a la cita en lugar de salir huyendo al otro lado del globo.

«Pero, si lo hubiera hecho, no le habría conocido, y no estaría esperando un hijo suyo».

Y eso era algo que no podía desear que fuera de otra manera.

Miró a Thierry a hurtadillas. Tenía los dientes apretados, y la línea de su mandíbula realzaba su fuerte nariz y los pómulos. Respiró hondo, pero el aire no le llenó los pulmones.

—Todo esto... lo nuestro... es porque actuó sin pensar. Debería haber esperado a confirmarlo todo.

Él siguió sin decir palabra.

—Lo siento, Thierry. Lo siento muchísimo. Comprendo que estés enfadado.

—¿Crees que habría preferido que el médico nos hubiera confirmado hoy que te estás muriendo? ¿Qué clase de hombre piensas que soy? ¿De verdad crees que estoy enfadado por que vayas a vivir? —encadenó las preguntas, mirándola por fin—. ¿Qué es lo que he hecho para que tengas semejante opinión de mí?

—Tú sabes lo que quiero decir. Si no hubiera sacado conclusiones por mi cuenta, esto no habría ocurrido. No nos habríamos casado. Por mi culpa estamos en este lío.

A menos que se divorciaran, claro, pero era incapaz de hablar de algo así. Todavía no, aún no había tenido tiempo de absorberlo todo.

—Lo hecho, hecho está, Imogen, y no tiene sentido que sigas castigándote por ello.

—¿Tú crees? —parecía demasiado tranquilo, aunque, si se lo miraba detenidamente, la inmovilidad de sus facciones delataba un control férreo. ¿Qué estaría ocultando?–. No lo hice deliberadamente –añadió, poniendo la mano en su pierna.

Era la primera vez que lo tocaba desde aquella noche en su habitación, y no pudo evitar preguntarse si sería la última.

–Tienes que creerme –continuó–. No pretendía mentirte o engañarte. De verdad que estaba convencida de que...

–¿Piensas que no lo sé? –le espetó.

–No sé lo que piensas.

Apartó la mano y la puso en el regazo.

–He visto cómo te quedabas cuando el médico te ha dado la noticia. Casi he tenido miedo de que te desmayaras. Creo... –hizo una pausa y a ella el corazón se le quedó en suspenso–, creo que, en lugar de disculparte, tendrías que celebrarlo. No pasa a menudo que una mujer que va a morir reciba semejante recompensa.

Lo celebraron comiendo en un restaurante sobre el que había leído pero que nunca esperaba llegar a visitar. El servicio fue impecable, la comida distinta a cuanto había probado antes y el ambiente, elegante y discreto.

Thierry se comportó de un modo encantador, mundano y simpático, y, cuando el chef salió a saludarlos, Imogen estaba más relajada de lo que lo había estado hacía años.

Había ido al aseo y, cuando volvió, vio a Thierry charlando con otro comensal, un tipo musculoso con una espesa y desaliñada melena rubia.

–¿Un amigo? –le preguntó al sentarse. El hombre salía en ese momento por la puerta.

De pronto cayó en la cuenta de que no conocía a ningún amigo de Thierry.

–Sí. Uno de mi otra vida.

—¿De tu otra vida?

—De antes de convertirme en un respetable hombre de negocios.

—¿Y a qué te dedicabas antes de volverte respetable? —quiso saber.

—A hacer lo que me diera la gana: esquiar, salir de fiesta, hacer trekking, montar en globo, más fiestas... —tomó el último sorbo de café que le quedaba—. De hecho, acaban de invitarme a un fin de semana de escalada en los Alpes.

—¿Y vas a ir?

Él se encogió de hombros, pero Imogen percibió el brillo de sus ojos, el mismo brillo que aparecía cada vez que hablaban de sus pasadas aventuras.

—Tengo demasiado que hacer. Demasiadas responsabilidades.

«Y tú eres una de esas responsabilidades. Confiaste en él cuando estabas desesperada y fíjate a dónde os ha llevado: a quedar atrapados en un matrimonio que nunca debería haber llegado a ser».

—Deberías ir —dijo sin pensar.

—¿Cómo dices?

—Que trabajas muchísimo.

Se empeñaba en acompañarla en todas las comidas, pero incluso después de cenar seguía trabajando. ¿Cuándo tenía tiempo libre? En París parecía tenerlo, pero ahora su negocio le consumía la mayor parte del día. Eso, y estar disponible para ella.

—Es porque tengo plazos que cumplir.

—¿No puedes posponer algo unos días? Lo suficiente para poder tomarte un pequeño descanso. No creo que pasara nada porque te tomases un fin de semana, ¿no? ¿Qué son dos días?

Y a ella le sentaría bien estar un par de días sola. Tenía mucho que pensar.

–Deberías ir –insistió.

–Dos días –murmuró él, mirando el fondo de la taza–. Tengo que admitir que es tentador.

Dos días que acabaron siendo cuatro. Cinco para cuando quisiera estar de vuelta. Aquella noche era la cuarta que pasaba fuera de casa. Tras la libertad que ofrecían las montañas y la excitación de ponerse a prueba contra los elementos, había accedido encantado a prolongar un día más su estancia en el complejo antes de volver a su vida normal.

Sin embargo, quizás se estaba haciendo demasiado viejo para aquello. La ducha caliente había sido una bendición para su cuerpo maltrecho, y no recordaba semejante nivel de cansancio con tan solo unos días de escalada. O también podía ser que se sintiera desubicado después de que su vida se hubiera convertido en una extraña telenovela.

Apuró la copa de coñac de un trago y sintió un reconfortante calor en el vientre, a diferencia de lo que le proporcionaba su vida últimamente. Miró a su alrededor. La fiesta le daba exactamente igual. Pidió otra copa.

Antes su vida era sencilla y perfecta. Sí, le habían roto el corazón siendo joven, pero eso le había servido para aprender a jugar, a disfrutar de su libertad tanto en la alcoba como en los deportes. Ni siquiera el yugo de la empresa familiar le había quitado esa alegría de vivir.

Su vida de antes le esperaba... hasta que apareció Imogen.

Tomó otro buen trago de licor, a pesar de saber que debía disfrutarse despacio, pero necesitaba algo que le ayudase a cortar la maraña de emociones que le atascaba la cabeza.

Jamás en la vida había sentido tanto alivio como

cuando el médico dijo que Imogen no corría peligro, y que ella y el bebé iban a vivir. Pero ese alivio no había durado.

La lógica le decía que Imogen no le había tendido trampa alguna para casarse con él. Pero no había lógica que pudiera ayudarle a deshacerse de la sensación de estar atrapado en una red, en una situación mucho más compleja de lo que se había imaginado. Casarse por el bien de un hijo era una cosa, y tener esposa para toda la vida, otra. Y luego estaban esas sensaciones que le agarrotaban el pecho, ideas a medio formar, emociones que le eran totalmente desconocidas.

Quería recuperar su vida sencilla. Ni siquiera cuando trabajaba horas sin cuento para salvar el negocio familiar, se había sentido así: enredado, atado. O, peor aún: no sabía qué sentía. Solo que no le gustaba.

Había perdido ya la cuenta de las veces que había rellenado el vaso cuando oyó a alguien susurrar:

–¿Te queda algo para invitarme?

Se volvió y, aunque tenía ya la visión algo nublada, vio perfectamente a la mujer que estaba a su lado: alta, delgada, ojos azules y pelo del color del sol. Exactamente la clase de mujer hermosa que siempre había preferido.

Sonrió, y ella le devolvió el gesto con una sonrisa que podría haber derretido la nieve del Mont Blanc.

Se sirvió una copa y se la acercó a los labios, pero al mismo tiempo arqueó el cuerpo de manera que se rozase con el de Thierry.

Cuando dejó la copa, sin apartar la mirada de sus ojos, se humedeció los labios con la lengua y, rodeándole el cuello con los brazos, susurró:

–¿Te apetece una fiesta privada?

Y Thierry se encontró besándola en la boca.

Capítulo 9

THIERRY bordeó el *château* para dirigirse directamente a las oficinas que quedaban en la parte de atrás.

No era que se encontrase precisamente bien como para trabajar, pero seguro que habría asuntos importantes esperándole, después de cinco días de ausencia. Y, además, no estaba preparado para enfrentarse a su mujer.

«Su mujer». Esa palabra se le había hecho más real de lo que nunca se habría podido imaginar cuando se casaban en aquella rápida ceremonia civil.

Una esposa era algo más que una responsabilidad temporal. Una mujer de la que cuidar en momentos de necesidad.

Imogen había dejado de ser una breve aventura, para convertirse en una mujer con la que su vida se había complicado enormemente.

Paró el coche. La cabeza le daba martillazos en un recuerdo impenitente de lo idiota que había sido la noche anterior. ¡Como si el alcohol pudiera solucionar algún problema! Ni siquiera escalar, que era uno de sus deportes favoritos, había logrado despejarle la cabeza. Y para remate, la debacle del bar.

Incluso borracho sabía lo que aquella rubia buscaba. ¿Cómo no saberlo? No podía recordar si había sentido excitación cuando ella se le había restregado, o qué se le había pasado por la cabeza en aquel momento, pero lo que sí sabía era que aquel beso le había provocado una reacción de repulsa exagerada, tanto que la había apartado con muy poca delicadeza.

Se pasó una mano por la cara. Había sido solo un beso, breve como pocos, pero por primera vez en la vida se había sentido culpable por estar con una mujer.

Bajó del coche y echó a andar hacia las oficinas. Necesitaba pasarse la tarde concentrado en informes, planes y negociaciones. Lo que fuera que le mantuviera alejado de los asuntos personales.

Había dejado atrás buena parte de los despachos y estaba a punto de entrar en el suyo cuando oyó que alguien lo llamaba.

Apretó los dientes. Quería intimidad, pero él estaba allí para dirigir al equipo, así que... se dio la vuelta y vio a un empleado del departamento jurídico que se le acercaba con un sobre en la mano y una expresión que lo puso en alerta de inmediato.

–¿Ocurre algo?

En una décima de segundo repasó mentalmente las inversiones que tenían en marcha en aquel momento: propiedades comerciales, resorts, el viñedo de Côte du Rhône...

–No, nada –le contestó, pero su sonrisa era forzada–. Solo atando cabos sueltos.

Le entregó el sobre y se alejó con rapidez.

El personal que trabajaba en aquellas oficinas formaba un grupo muy unido y sin la formalidad de las de París. Estaban siempre relajados y distendidos, aun en tiempos de gran carga de trabajo, pero aquel consejero legal estaba preocupado.

Entró en el despacho y cerró la puerta. Abrió el sobre mientras se acercaba a la ventana.

Eran unas cuantas páginas y fue al final a ver quién lo firmaba. Era de Imogen, y estaba rubricado ante testigos. Frunció el ceño y volvió al principio.

Unos minutos después, se levantó de la butaca. ¿Aquello era lo que su departamento legal había estado haciendo? Imogen debía de haberles pedido que lo redactasen. Nadie más se habría atrevido a hacerlo.

Respiró hondo e intentó serenarse, pero no lo logró. ¿Por qué renunciaba tan ostensiblemente a su dinero, al apoyo material que podía proporcionarle? Y aunque él debería sentirlo como una compensación, sin embargo lo sentía como una bofetada. No era de extrañar que sus empleados cuchichearan sobre el fiasco en que se había convertido su matrimonio. Nunca le habían importado las habladurías, pero que se rieran de él en su propia casa... tiró los papeles al suelo y salió del despacho a grandes zancadas.

Imogen no estaba en su alcoba.

Miró a su alrededor y lo único que vio fue su pasaporte sobre la cómoda, junto al bolso. Frunció el ceño. ¿Por qué estaba fuera el pasaporte?

Oyó el ruido del agua al caer y se plantó en el baño, empujó la puerta y entró.

Al otro lado de la puerta de cristal, el agua resbalaba por el cuerpo de Imogen. Tenía la cabeza echada hacia atrás porque estaba aclarándose el pelo. El deseo, tan intenso e inexorable como la corriente del océano, inundó su cuerpo. Dejó de notar el golpeteo en la cabeza y lo sustituyó una respiración entrecortada.

–¿Thierry?

Tenía los ojos muy abiertos y lo miraba, inmóvil, brillante y perfecta, y la recorrió con la mirada, desde los pezones sonrosados, bajando por su vientre plano que aún no mostraba signo alguno de albergar a su hijo.

«Su hijo».

La mano que tenía en la puerta se apretó al ver que

se daba la vuelta para cerrar el grifo. La curva de sus nalgas era perfecta.

«Su mujer».

La idea le envolvió como una lengua de fuego, tomó una toalla y abrió la puerta. Increíblemente, ella se volvió tapándose los pechos con un brazo y la zona del pubis con el otro. ¡Como si no recordase de sobra cada curva y cada plano de aquel magnífico cuerpo!

Ese era el problema. Todo el tiempo que había pasado tratando con Imogen la responsabilidad, en lugar de con Imogen la mujer sensual, le había dejado incapaz de dormir. No era de extrañar que estuviera desquiciado.

—No es necesaria la modestia, *ma chère*.

—Preferiría que llamases antes de entrar.

—Ya es tarde para poner reglas, Imogen. Eres mi mujer, y tengo derecho a estar aquí.

El largo paseo por el *château* le había dado tiempo a alimentar su indignación.

Y estaba cansado de batallar con la razón y de ser paciente. Y aún más, estaba cansado de aquella mezcla de amargas emociones que no podía quitarse de la cabeza. Emociones que era Imogen quien creaba.

A él no le iban las emociones. No con las mujeres.

Debería haber seguido adelante aquella noche que le había besado en su habitación. No estaría así si lo hubiera hecho. Sin pensárselo dos veces, la sujetó por los hombros. Ella contuvo el aliento.

—¿Se puede saber qué pretendías redactando ese... ese...

La indignación le hacía balbucear.

—¿El acuerdo posnupcial? —aportó ella, alzando la barbilla.

—¿Pretendías insultarme deliberadamente?

—¡Por supuesto que no! ¿Cuál es el problema?

—Vas y le pides a mi personal que redacte un contrato en el que expresamente renuncias a cualquier derecho que pudieras tener sobre mis posesiones, apenas semanas después de la boda; lo firmas delante de testigos, ¿y te parece que no hay ningún problema?

¿Cómo se atrevía a dejarle en ridículo?

—Te estaba haciendo un favor, y tus abogados han estado de acuerdo. Tendrías que haber visto su cara de alivio cuando les expliqué lo que quería.

—¿Y tú crees que yo vivo mi vida pensando en complacer a mis abogados? —se despachó, apretando las manos.

—Estaba haciendo lo correcto —insistió ella, sin dejar de mirarle a los ojos—. Tú no querías una esposa para siempre, y estoy segura de que, si hubiera sido así, habrías firmado un acuerdo prenupcial. Las circunstancias han cambiado, y quería que supieras que no pretendo quedarme aquí para disfrutar de tus riquezas.

¿No pretendía quedarse? ¿Por eso estaba su pasaporte sobre la cómoda? Tiró de ella y la pegó contra su cuerpo, y al hacerlo los recuerdos le asaltaron. Recuerdos de la mujer de la noche anterior, de su cuerpo, de su boca. Y de que todo lo que había sentido era disgusto, porque aquella mujer no era Imogen.

A quien deseaba era a su esposa. A nadie más.

Esa verdad llevaba persiguiéndole todo el día. No había modo de darle esquinazo. Imogen se le había metido bajo la piel, destruyendo todo interés por otras mujeres, aunque eso no era lo peor. Y en esos momentos ella actuaba como si no quisiera saber nada de él.

—¿Se puede saber qué he hecho yo para que tú hayas deducido que pienso que andas tras mi dinero? —sus palabras sonaron duras como una bofetada, y sintió que ella se ponía tensa—. ¿Cuándo te he insultado yo a ti? Me has hecho quedar como un mercenario, un imbécil temeroso de que lo timen. ¡Un hombre que necesita protegerse de sus propias decisiones!

–Esa no era mi intención –respondió ella con los ojos muy abiertos.

–¿Tan incompetente crees que soy que necesito protegerme de mis propios actos?

–Creo que estás exagerando. Aun así, fui yo quien vio tu expresión cuando el médico me dijo que no estaba enferma –le espetó, dándole en el pecho con el índice extendido–. Te estabas preguntando si te había engañado, ¿verdad? Sospechabas que soy una de esas cazafortunas que te había tendido una elaborada trampa, ¿no?

En verdad sí que se lo había planteado, pero no había tardado en desechar la idea.

–Lo que viste era estupor, y deberías perdonarlo por todo lo ocurrido antes. ¿O es que eres tú la única que se puede sorprender?

–Fue algo más que sorpresa. Te quedaste inmóvil. Te quedaste...

–¿Qué? ¿Cómo me quedé?

–¿Te atreves a decirme que no lamentaste haberte casado conmigo? –le espetó.

–O sea, que hubiera preferido que el médico dijera que te estabas muriendo, ¿no? ¿Es eso lo que piensas de mí?

En realidad, había un poso de verdad en sus palabras, porque no se esperaba tener entre manos un matrimonio de verdad, sino una solución a corto plazo al problema de cuidar de Imogen y del bebé.

–¿Por qué estás tan enfadado, Thierry? –le preguntó ella, mirándole fijamente a los ojos. Tenía la respiración agitada, lo que hacía que sus pechos se rozaran contra él y que su necesidad creciera por segundos. Estaba a punto de perder el control–. No entiendo. Yo quería hacer lo correcto para que te quedara claro que no esperaba más de ti.

Thierry miró la línea de su boca, preguntándose por qué estaba tan enfadado. Lo que ella decía tenía sentido, pero no quería recibir esa clase de favor porque, de un modo primitivo y hondo, menoscababa su honor, su orgullo masculino.

¿Era el modo en que despreciaba la fortuna por la que había trabajado como un esclavo lo que le dolía, o el hecho de no poder dominar la desconocida mezcla de emociones que despertaba en él? ¿O era que ese rechazo le parecía personal?

No conocía el rechazo desde los veinte años, cuando Sandrine lo dejó por otro. Desde entonces, se había asegurado de que todas sus relaciones fuesen cortas y simples, relaciones de las que poder alejarse sin mirar atrás, en las que él siempre decidía: era el cazador, el seductor y el que acababa marchándose.

—¿Por qué tienes el pasaporte encima de la cómoda?

—Estaba pensando si buscarme un vuelo de vuelta a Australia. Es evidente que tú no vas a querer que me quede aquí mucho tiempo.

—¿Es evidente?

Ella apartó la mirada y Thierry sintió que parte de la tensión desaparecía.

—Este no es mi lugar, Thierry.

—¿Ibas a huir?

Sus miradas volvieron a chocar como dos espadas.

—Claro que no. Estaba esperando a que volvieras y lo hablásemos, así que déjame vestirme.

Y se subió la toalla intentando dar un paso atrás, pero él no la soltó. No solo parecía enfadada. Había algo más en su expresión que no podía identificar.

No le tenía miedo, eso estaba claro.

—No. No te vas a ninguna parte.

—¿Se puede saber qué te pasa, Thierry? —le preguntó, empujándole por el pecho—. No entiendo nada.

Él tampoco, lo cual echaba más leña al fuego.

—A ver si entiendes esto.

La besó en la boca a modo de castigo, pero el beso se transformó de inmediato en una pasión urgente, hambrienta, exigente. Desesperada.

Un instante de duda, y sus labios se abrieron como los pétalos de una delicada flor tocados por el sol.

Aquello era lo que quería. Lo que necesitaba. La fragancia de Imogen, su sabor, invadió sus sentidos con un gusto dulce y adictivo que estalló en su cerebro.

Ella se estremeció y él saboreó aquel momentáneo triunfo. Debía ir más despacio. Estaba siendo demasiado agresivo. Entonces oyó un suave gemido de Imogen, y supo lo que significaba: estaba perdiendo el control. Se estaba volviendo llama en sus brazos. Volvía a ser la Imogen abandonada y deseosa.

Su ira se desvaneció, llevándose con ella el miedo que no había querido reconocer. Miedo de perderla.

Una nueva energía le recorrió el cuerpo, y la excitación transformó su carne en metal bruñido. Con un solo movimiento la tomó en brazos, pero siguieron besándose como quien está hambriento, ella de él, él de ella.

Seis pasos y llegaron a la cama, y juntos cayeron en ella. Con una mano le quitó la toalla para acariciar su carne húmeda, lo que hizo desaparecer su capacidad de raciocinio, y con torpeza intentó desabrocharse el cinturón. No recordaba haber estado nunca tan desesperado, ser tan torpe.

Respiró hondo intentando centrarse, y habría levantado la cabeza de no ser porque Imogen lo tenía agarrado con desesperación, de modo que se conformó con seguir moviendo una sola mano.

Sintió que ella le rodeaba con una pierna, como si quisiera atraparlo. ¿De verdad temía que pudiera separarse en aquel momento?

Teniendo su sabor en la boca, a vainilla y especias, no. Teniendo su boca, exigente y sensual, no. Y menos aún sintiendo su cuerpo moviéndose sinuosamente debajo de él. Esos pequeños círculos lo estaban volviendo loco. Tenía que desnudarse, y rápido, si no quería perderse.

Logró al fin desabrocharse el cinturón y el botón de los pantalones, y en el proceso rozó con el dorso de la mano su vientre suave y templado.

Una sensación muy intensa lo zarandeó. No tenía nada que ver con el sexo, sino con algo nuevo, hondo y tierno. Apoyándose en el otro codo, puso la palma extendida sobre su vientre.

Algo rugió en sus oídos, como el ruido de cascos de cien caballos. Era una sensación posesiva, protectora, de asombro, todo ello en una sola.

Aquella carne era suave como la seda. Pensar que su hijo estaba ahí...

Quería llenarla, quería deshacerse en ella hasta que los dos perdieran la cabeza en éxtasis, pero ser consciente del niño hizo que la exultación chocara con la precaución. Lo primitivo contra lo civilizado.

–Nuestro hijo –murmuró.

Imogen puso su mano sobre la de él, y sus ojos brillaron como si le hubiera hecho el mejor cumplido de su vida.

–Creía que en el fondo no querías tenerlo.

Él negó con la cabeza. Lo cierto era que no había pensado mucho en él como criatura viva. Se había centrado más en pasar el embarazo, en cuidar de ella. Tener la mano en su vientre sabiéndose a escasos centímetros del bebé era una experiencia completamente distinta.

–Nunca lo habría rechazado.

Imogen lo observaba atentamente. La había llevado de cero a cien en un abrir y cerrar de ojos con aquel beso glorioso que le había derretido los huesos. En ese momento su ternura iba a derretirle el corazón.

«Nuestro hijo». Por fin lo había dicho. Lo había sentido.

De pronto vio que se movía y tuvo que contener un gemido. Se apartó, pero no se fue lejos. Solo quería quitar del todo la toalla para después inclinarse sobre ella y besarla en el vientre dejando caricias que la llenaban de deseo.

Ver su pelo junto a su piel, su rostro orgulloso, sus manos grandes y capaces en las caderas mientras derramaba besos sobre el lugar en el que estaba su hijo...

—No es necesario que... no tienes que...

Era difícil soportar la idea de que, por el bien del bebé, pudiese estar fingiendo aquel deseo.

—¿Necesario?

—Tú no me deseas, y no es necesario que lo finjas.

—¿Que yo no te deseo?

Imogen apartó la mirada.

—Cuando fui a tu dormitorio, me rechazaste.

El orgullo impidió que le temblase la voz.

—Escúchame bien, Imogen —respondió él, y le sujetó la barbilla—. Yo nunca, ni siquiera durante un momento, he dejado de desearte.

—Pero...

—Pero intenté ignorarlo porque necesitaba cuidar de ti. Creía que estabas demasiado enferma, demasiado frágil para...

—¿Frágil?

Él asintió.

—Intentaba protegerte de mí. Pero ya no estás enferma, ¿no? —preguntó con una sonrisa pícara.

Imogen fue a discutir, pero de pronto él desapareció.

—¿Thierry?

Había descendido para obligarla a abrir las piernas y colocarse frente a ella. Iba a protestar cuando sus ojos oscuros como la noche se clavaron en los de ella y con la boca la acarició en el punto más sensible. Un estremecimiento la sacudió de los pies a la cabeza. Había esperado tanto tiempo... Le había encantado saber que él también había sufrido con su distancia.

Tragó saliva y la explosión de placer la sacudió. Segundos después, con el corazón temblando, las llamas arreciaron y todo su cuerpo se incendió desde el interior. El clímax fue más intenso que cualquier otro que recordara. Se encontró pronunciando su nombre, aferrada a sus hombros para que las oleadas de placer no la arrastraran.

Pero después no le vio sonreír. No había satisfacción como la que había mostrado en el pasado cuando ella no había sido capaz de contener su respuesta ante él. Estaba serio, y acarició delicadamente sus piernas antes de levantarse para desvestirse.

Sus movimientos eran metódicos y lentos, como si no comprendiese lo mucho que lo necesitaba incluso después del orgasmo. Mejor dicho, por su causa.

Por fin volvió a ella, apoyándose en los brazos para no cargarla con su peso. Sus piernas, el vello de su pecho le rozaba los pezones enardeciéndolos de nuevo.

Volvió a agarrarse a sus hombros intentando atraerlo, pero él se resistió, e Imogen tardó un instante en comprender.

No le había bastado con lo de antes. Estaba decidido a volver a hacerla arder con aquel magnífico cuerpo suyo y su mano entre las piernas.

–Te deseo. Ahora –dijo casi sin voz, pero apenas había rozado su erección cuando él la sujetó por las muñecas, colocándolas por encima de su cabeza–. ¡Thierry! –intentó protestar, pero él siguió decidido a hacerle el amor con un erotismo lento y seguro que volvió a hacerla temblar. El fuego ardió de nuevo y ella se retorció debajo de su cuerpo poseída de placer.

Cuánto tiempo estuvo complaciéndola no podría decirlo, pero sí que la llevó hasta las estrellas una y otra vez.

Por fin, después de haber dejado aquellas caricias

grabadas a fuego en su piel, se colocó sobre ella con un movimiento lento que los unió a ambos. Durante un momento se quedó inmóvil y ella se preguntó si alguna vez volvería a conocer aquella sensación de sentirse unida así a otro ser humano.

Se abrazó a él para pegarse a su cuerpo, pero Thierry estaba decidido a ir despacio, a medir sus movimientos, a pesar de cómo le latía el corazón. Vio que tenía la frente húmeda de sudor y que su gesto era tenso, como si soportase algún dolor.

¿Temería hacerle daño al bebé? En cuanto la idea se materializó en su cabeza, supo que había acertado. Deslizó las manos por la curva de su espalda hasta llegar a sus nalgas prietas. Su respiración se volvió sibilante. Acercándose a su oído, le dijo en voz baja exactamente lo que quería que le hiciera.

Apenas había empezado cuando una frase en francés crudo se le escapó de los labios y, apretando con una mano uno de sus pechos, comenzó a moverse cada vez más rápido, llenándola. Imogen le mordió el lóbulo de la oreja y de pronto oyó un rugido justo antes de que se derramara en ella, ya sin control, tan vulnerable al éxtasis como ella.

Un calor líquido y móvil como nunca había experimentado corrió por sus entrañas, y vagamente cayó en la cuenta de que no habían usado protección. A lo mejor era esa la razón de que aquel encuentro hubiera sido tan intenso, tan real como el cuerpo que abrazaba contra el suyo, no solo satisfactorio, sino como si juntos hubieran descubierto un secreto primitivo que los uniera para siempre.

Por fin él cayó en sus brazos, con los labios en su cuello y su peso aplastándola contra la cama antes de que el agotamiento y la saciedad los indujera al sueño.

El último pensamiento de Imogen fue la esperanza de que, fuera lo que fuese lo que habían compartido, lograra cambiarlo todo entre ellos.

Capítulo 10

¿TIENES hambre?

El cálido ronroneo de la voz de Thierry la hizo despertar, salir de una especie de limbo de bienestar en el que se encontraba.

Abrió los ojos y vio que una suave luz que provenía de la lámpara llenaba la alcoba.

—¿Cuánto tiempo he dormido?

Se dio la vuelta y lo encontró sentado contra el cabecero de la cama. Estaba casi comestible, con el pelo algo revuelto, vaqueros y una camisa informal.

—¡Te has vestido!

—Tenía que vestirme si no quería darle un susto de muerte al personal al bajar a por un aperitivo –respondió, riéndose–. Puede que tú me prefieras desnudo, pero estoy seguro de que ellos no.

Sobre eso habría mucho que decir. No habría mujer que pudiera tener objeción alguna a ver a un hombre como Thierry en toda su gloria.

—¿Qué hora es?

—Tarde. He cancelado la cena porque dormías, pero Jeanne ha insistido en que te subiera una bandeja.

—Deberías haberme despertado.

Thierry no contestó. Estaba contemplando los pechos que la sábana con la que él debía de haberla tapado dejaba al descubierto. ¿Tan cansada estaba de hacer el amor con él que ni caía en la cuenta de cubrirse? ¿O era el gusto que le daba ver que la miraba como si fuera una *delicatessen* que solo él pudiera disfrutar? Con él lo tenía todo perdido. En sus brazos ardía como una tea.

–No –dijo él cuando la vio hacer ademán de subirse la sábana–. Por favor...

Imogen tragó saliva al ver que alargaba el brazo para acariciar su pecho. Un gemido se detuvo en su garganta por el placer que, como una cascada, empezaba a mojar su cuerpo.

–Thierry...

Pero no pudo decir nada más porque él estaba ya allí, con su respiración rozándole la piel. Con un brazo la acercó mientras con el otro sujetaba su seno para llevárselo a la boca. Primero sopló, creando un delicioso estremecimiento que le recorrió la espalda y el vientre, y de inmediato lo cubrió con la boca, succionándolo.

Ella le sujetó la cabeza y arqueó el cuerpo hacia él. Le encantaba sentir la suavidad de su pelo, lo que ofrecía un intenso contraste con la firmeza de sus músculos. Cuando por fin él levantó la cabeza, Imogen tenía la respiración muy agitada.

–Yo había venido para hablar –dijo, apartando la sábana y acariciando sus contornos–, pero eso puede esperar.

Imogen sintió la irresistible tentación de dejarle hacer. No había nada en el mundo que le hiciera sentirse tan bien como que él le hiciera el amor, pero es que ella también llevaba queriendo hablar desde que el médico les dio la noticia.

Aun así, vio brillar sus ojos y la promesa que se contenía en su mirada era tan irresistible que... ¡cómo lo había echado de menos durante aquellos días en que se comportaba educado y distante, con la cortesía de un extraño!

Había dicho que la seguía deseando, y se lo había

demostrado, pero a lo mejor no le gustaba lo que tenía que decirle. Era necesario limpiar el aire entre ellos y decidir qué querían hacer a partir de aquel momento. Necesitó recurrir a lo más granado de su fuerza de voluntad para hacer lo que tenía que hacer.

—No, no puede esperar —contestó, poniendo una mano en su hombro.

El esfuerzo que le costó separarse quedó patente en su expresión.

—Desde luego sabes elegir el peor momento para hablar.

Imogen sintió ganas de reírse, pero no de alegría, sino de nerviosismo.

—Has sido tú el que lo ha sugerido.

—Eso era antes —protestó, e hizo girar su pezón entre dos dedos, generando una energía erótica que bajó de inmediato a su entrepierna. Thierry sonrió—. ¿Estás segura de que no quieres dejarlo para más tarde?

Pues claro que no estaba segura. Nunca había tenido problemas para resistirse a los hombres, pero con aquel pedazo de francés, era incapaz de lograrlo.

—Tenemos que hablar ahora —insistió, aunque su tono de voz la traicionase, pero él por fin cedió, y ella se incorporó, colocó una almohada contra el cabecero y se cubrió con la sábana, que por cierto notó en sus sensibilizados pezones.

—Antes comamos algo —respondió él, y colocó una bandeja sobre la cama con cuidado.

En otro hombre unos movimientos así de rápidos e inquietos le habrían hecho pensar que estaba nervioso, pero se trataba de Thierry, el competente y superconfiado Thierry, el amo de cuanto veía desde las ventanas de su *château*. ¿Qué razón iba a tener para estar nervioso?

La extraña era ella, la complicación que él nunca había buscado.

Un mechón de pelo oscuro y denso le caía sobre la frente, lo que le confería un aspecto informal y adolescente que le enterneció el corazón, y recordó las palabras de su abuela: ¿De verdad lo miraba con amor en los ojos? ¿Por eso estaba tan desesperada por poder dejar atrás el tiempo en que la trataba con fría cortesía? ¿Por qué ansiaba de aquel modo sus sonrisas y el tiempo que compartían no solo sus cuerpos, sino otra conexión más íntima?

La respuesta le horrorizó y la volvió loca de alegría al mismo tiempo. La ansiedad y la esperanza bailaban juntas en sus nervios. Pero no se podía creer que fuera cierto. Era demasiado peligroso siquiera pensarlo.

–¿Fruta, quiche o trucha?

–Todo –respondió, contemplando aquella maravillosa bandeja en la que Jeanne se había esmerado.

Tomó una fresa de un cuenco y la mordió con los ojos cerrados. Sabía a sol y a dulzura. Nunca le había sabido tan buena la comida como allí. ¿Sería porque crecía en la comarca y estaba recién recogida, o porque su nuevo comienzo en la vida hacía que apreciara las pequeñas cosas todavía más?

Cuando los abrió, se encontró con que Thierry miraba sus labios con un apetito bien distinto...

Tenían tantas cosas de las que hablar, pero al menos, en el plano físico, la conexión quedaba fuera de toda duda. La intensidad de Thierry cuando habían hecho el amor había abierto las puertas de la esperanza y el alivio después de la soledad de aquellos últimos días. Desde la consulta con el médico se había sentido extrañamente sola, incluso cuando estaba con él. Lo había sentido lejos.

Tampoco el hecho de que los dolores de cabeza parecieran estar cediendo le hacía sentirse mejor. El último, la primera noche que Thierry pasó escalando, había sido solo una sombra de la agonía anterior.

–¿Estás segura de que quieres hablar? –preguntó él. Su voz era pura tentación.

–¿Por qué estabas tan enfadado antes?

Nunca lo había visto así. Sin embargo, en cierta medida, su ira la había excitado.

¿Significaba que sentía algo por ella?

–Te pido perdón por eso –dijo, tomando un panecillo untado de queso–. He tenido una reacción desproporcionada. Ahora entiendo que solo pretendías demostrar algo. Pero no era necesario –añadió, clavándole sus ojos color café.

–Para mí era importante dejar claro que no quiero nada más de ti. Has hecho tanto... Has actuado con... honor.

Esa palabra algo anticuada encajaba perfectamente con lo que quería transmitir.

–Ya está hecho. Sugiero que lo olvidemos.

–Pero hay algo que te molesta –adivinó ella.

–Desde aquí, todo se ve perfecto –bromeó, mirándole los pechos.

Imogen enrojeció. Aún no se había acostumbrado a esa clase de miradas, que amenazaban con convertir en puré su cerebro y sus huesos.

–¿Por qué tengo la sensación de que estás intentando cambiar de tema?

–Es que las cosas han cambiado –respondió él tras un breve e intenso silencio–. En eso tenías razón.

No parecía querer enfrentarse al elefante que había en la habitación, de modo que decidió hacerlo ella.

–No me estoy muriendo, lo cual quiere decir que nos hemos cargado con un matrimonio que ya no necesitamos.

–¿Cargado?

–¡Vamos, Thierry! No me digas que quieres tener esposa ya para siempre. Casarnos tenía sentido cuando yo creía que iba a morirme y que era el modo más fácil de que pudieras reclamar al bebé, pero ahora...

—¿Quieres echarte atrás?

—No es cuestión de echarse atrás, sino de ser razonable.

La idea de dejarle era como arrancarse un órgano vital, pero se lo debía.

Toda su vida había sido alérgica a los cambios, a correr riesgos; se había rodeado de seguridad. No quería depender de ningún hombre. No era de extrañar que a Scott le hubiera resultado tan fácil dejarla. Pero no podía obligar a Thierry a que siguiera adelante con aquel matrimonio, a menos que ambos se comprometieran.

—Fuiste maravilloso conmigo cuando más lo necesitaba, y no quiero devolvértelo atándote a una complicación.

—¿Consideras una complicación a nuestro hijo?

Imogen respiró hondo.

—No esperaba ser madre, pero tampoco lo lamento. Soy yo la complicación a la que me refería.

¿Por qué estaba siendo tan obtuso? Su inteligencia era precisamente una de las cosas que más le enamoraban de él.

Algo vibró en las honduras de su alma.

Era cierto. Completamente cierto. Allí estaba ella, intentando convencerle de que no necesitaba una esposa, cuando todo el tiempo...

—¿Imogen?

Intentó convencerse de que era natural sentir cariño por él, habiendo sido tan maravilloso con ella. Pero el término «cariño» no describía ni de lejos la necesidad visceral que sentía de él, que iba mucho más allá de lo físico.

Cruzó los brazos como para esconder el tumultuoso latido de su corazón.

–Podría tomar un avión dentro de un par de días –se obligó a decir–. No es necesario que...

–¿Quieres marcharte?

Thierry se acercó para acariciarle la mejilla y apartarle el pelo. Quería tantas cosas: a él, su cercanía, su pasión. Y mucho más. Cómo le gustaría poder acurrucar la mejilla en su mano...

Contra todo pronóstico había compartido una maravillosa aventura que jugaba en una liga distinta a la suya, y ahora que había llegado el momento de separarse, se le rompía el corazón.

Porque era cierto: se había enamorado de Thierry Girard.

Quería estar con él, y no solo en aquel momento, sino siempre, hasta hacerse viejos. Ser parte de él como él era parte vital de ella.

–Intento hacer lo correcto.

Y nunca había sido tan difícil.

–No quiero que te vayas.

Sus palabras se quedaron suspendidas en el aire y le calaron muy dentro.

–¿No? –repitió, mirándolo a los ojos.

–Quiero tenerte aquí, *chérie*.

El corazón se le alojó en la garganta. ¿Era posible lo que estaba oyendo?

–¿Tan malo es quedarte aquí conmigo? –le preguntó él, dejando resbalar la mano hasta la base de su cuello.

–Claro que no. Yo... a mí me gusta estar aquí.

Le gustaría estar en cualquier parte siempre y cuando él estuviera con ella. La enormidad de sus sentimientos la cegaba. ¿Cómo había podido pasar de una atracción sin más a un amor en estado avanzado en un espacio de tiempo tan breve? Quizás porque no estaba hecha para las aventuras casuales. Por eso había sido tan cauta con el cuerpo y el corazón antes de aquello.

–Me alegro. Dudaba si esto no sería demasiado tranquilo para ti.

Ella negó con la cabeza. Le encantaba la paz del campo. Además, estaba a unos minutos del pueblo y a poco de una ciudad. Pero lo que lo hacía perfecto era la presencia de Thierry.

–¿De verdad quieres que me quede?

Le pareció que dudaba, que había algo en su mirada... como si ocultara algo.

¿Qué podía ser? Se había mostrado digno de confianza, honesto y generoso. Incluso se había mantenido a distancia de ella cuando la creía enferma, anteponiendo su bienestar a sus necesidades sexuales.

No la mentiría en algo así.

–Quiero que te quedes. Piensa en lo que tenemos –dijo, y fue como si su sonrisa accionara un interruptor que permitiera salir toda la tensión que había entre ellos. Bajó la mano y fue rozando la sábana en una lenta provocación–. Nos gustamos. Sexualmente somos sumamente compatibles, y vamos a tener un hijo. ¿Por qué no seguir juntos?

Deslumbrada por sus caricias y por sus palabras, se recostó contra la almohada.

–¿Quieres que sigamos casados?

Necesitaba oírselo decir.

–Sí.

Aquella devastadora sonrisa suya le impedía pensar.

–Es lo más lógico.

Una parte de sí quería saltar de alegría. Quería que se quedara, y no solo como una novia temporal. Sabía que el futuro con Thierry sería cuanto se había atrevido a soñar. Cuando estaba con él, se sentía...

–Lo que tenemos es bueno, ¿verdad?

«¿Bueno?».

Los pensamientos de Imogen se frenaron en seco.

«Bueno». Esa insípida palabra no podía describir ni de lejos cómo se sentía estando con él.

Había tardado, pero acababa de darse cuenta de qué era lo que faltaba y lo miró a los ojos, esos ojos que había visto iluminarse de deseo, relumbrar con la risa o enternecerse de preocupación. Contempló los hombros en los que se había apoyado en momentos de debilidad, esas manos capaces que la habían ayudado en tiempo de necesidad. Thierry era un hombre apasionado, considerado y que sabía empatizar.

«Pero no te quiere».

No había urgencia en él. No había desesperación. Solo lógica serena y sí, y cariño.

El corazón se le detuvo un instante y luego se lanzó a latir desenfrenado, tanto que se sintió un poco mareada. ¡Ahora lo entendía!

—Pretendes sacar lo mejor de la situación, ¿verdad?

Recordaba haber hablado de ello en París. No pretendía alcanzar lo imposible, sino adaptarse a la situación en que se encontrara.

—¿Por qué no? Esperaba casarme algún día y aquí estamos, con un bebé en camino.

Debió de darse cuenta de su rigidez porque le dedicó una sonrisa que transformaría a cualquier mujer en un charco de puro deseo.

—Nos gustamos —dijo, poniendo la mano sobre la de ella—. El sexo entre nosotros es fantástico, y nos respetamos.

—Eso ya lo has dicho antes.

Su voz sonó rasposa. ¿Eran esas las únicas razones que poseía para que siguieran juntos?

—Eso es importante —continuó. Parecía sorprendido de no oírla ronronear de deseo—. No podría casarme con una mujer a la que no respetara. Y en cuanto al sexo... –sonrió–. No recuerdo otra ocasión en que fuese tan gratificante.

Imogen se quedó completamente inmóvil. Temía que, de moverse lo más mínimo, el corazón se le hiciera pedazos.

«Quiere seguir casado porque el sexo es bueno entre nosotros, y porque voy a darle un hijo. Querrá que herede esta propiedad, la villa del sur de Francia y todas las demás cosas que ha amasado la familia Girard. Quiere un heredero».

Ella soñaba con el amor, pero él planteaba su relación como si fuera un acuerdo de negocios. Una solución a un problema complicado. Un modo de tener a su hijo y disfrutar de compañía y sexo.

–No me parece una buena base para el matrimonio.

Thierry le apretó la mano, y por primera vez desde que se iniciara aquella conversación, Imogen se sintió en desventaja, desnuda bajo la sábana, mientras él estaba vestido.

–Es una base suficiente –replicó, acercándose a ella y mirándola fijamente–. A menos que andes tras una fantasía romántica. ¿Es eso?

Por puro instinto de conservación contestó negando con la cabeza, a pesar de que era precisamente eso lo que quería.

–Lo sabía –dijo él, esbozando una sonrisa–. Eres como yo, *chérie*. Demasiado práctica para andar detrás de corazones, flores y declaraciones de amor eterno.

Imogen apretó los dientes. Él no podía saber cómo se sentía, porque, si no, no pisotearía deliberadamente sus sentimientos. Aun así, el dolor que le causaron sus palabras fue muy intenso.

–¿No crees en el amor?

–Hace mucho tiempo, creí. Me enamoré de una chica que vivía en una propiedad de por aquí, pero acabó casándose con otro. En aquel momento sentí que me había roto el corazón, pero ahora ya soy mayorcito para saber que es pura ficción. De todos modos, su rechazo no me destrozó la vida como yo creía. Lo que tenemos nosotros es precioso, Imogen –continuó, acariciándole la mano–, aunque no se llame amor. Nos respetamos, nos gustamos y vamos a tener un hijo. A mí me parece un estupendo punto de partida.

–No olvidemos el sexo –añadió Imogen, escondiéndose tras las palabras.

–No, claro que no me olvido. Ni por un momento –respondió él, y se acercó a besarla en el cuello.

De inmediato un cálido temblor la recorrió de arriba abajo y se estremeció.

–Deja que te dé calor –dijo, y fue a apartar la bandeja, pero ella le detuvo.

–No, no la quites. Tengo hambre.

La comida se le iba a volver serrín en la boca, pero no podía tener sexo con él en aquel momento.

–Entonces, ¿te quedas? ¿Estás de acuerdo? –inquirió él clavándole sus grandes ojos oscuros.

–Yo...

–No lo lamentarás. Es bueno que estemos juntos, y lo sabes.

«Bueno». De nuevo esa palabra.

Ella no quería algo bueno. Quería algo espectacular, increíble, especial. Quería amor.

–Quédate, Imogen –insistió él, sin soltar su mano.

Tragó saliva.

–Me quedaré por ahora. Veremos qué tal nos va.

Capítulo 11

VEREMOS qué tal nos va».
¡Como si estuvieran a prueba!
Thierry frunció el ceño y pasó a la siguiente
página del contrato, pero enseguida se dio cuenta de
que no había entendido una palabra de cuanto había
leído.

De mala gana, empujó la silla hacia atrás.

Su capacidad de concentración aun en mitad de una
crisis había sido siempre uno de sus puntos fuertes. Le
había salvado el cuello en más de una ocasión en rallies
de larga distancia y en expediciones de escalada, y había sido uno de sus pocos activos cuando se hizo cargo
de la empresa.

Nunca le había costado centrarse en lo que tenía que
hacer. Menos en aquel momento.

Había pasado un mes desde que Imogen aceptara
quedarse y «ver qué tal».

Un mes, y sin solución.

Seguía sintiéndose a prueba.

Se levantó y caminó hasta la ventana. El cielo estaba
intensamente azul, contrastando con su estado de ánimo,
tormentoso y triste. Cruzó los brazos. Una mujer le
había puesto así. No podía ser. Nunca había ocurrido
desde que Sandrine le rechazó y su volátil y joven corazón quedó hecho pedazos.

Desde entonces había disfrutado con mujeres, pero
nunca había querido o había esperado nada serio.

Con Imogen, eso había cambiado. En esos momentos era su esposa, de modo que necesitaban tener una relación segura y con fundamento, basada en el respeto.

Eso era lo que le había ofrecido, y ella seguía negándose a comprometerse. ¿Qué más podía querer?

Se dio la vuelta y a través de las paredes de cristal de la oficina, su mirada fue a clavarse en la mesa de su primo Henri. Allí estaba él, con la cabeza inclinada hacia Imogen.

Sintió un calor sofocante al verlos a los dos, tan a gusto el uno al lado del otro, totalmente absortos en las cuentas de la empresa que a él le parecían insoportablemente aburridas. Pero los dos hablaban el mismo lenguaje: el de los números.

Imogen se había quejado de no tener nada que hacer, de modo que le había sugerido que ayudase con las cuentas, lo que había resultado ser, al mismo tiempo, un golpe genial y desastroso. Su mujer se sentía feliz al tener la oportunidad de trabajar de nuevo en su campo, lo que reflejaban sus sonrisas, más frecuentes y auténticas, al menos cuando estaban en la oficina. Además había resultado ser fantástica en su trabajo. Pero su felicidad en la oficina le había hecho darse cuenta de lo poco que sonreía estando con él, y echaba de menos esas sonrisas que parecían encenderse desde dentro, tan incandescentes que resultaban contagiosas.

De repente oyó una risa, y vio que eran Imogen y Henri compartiendo la misma broma.

Cómo le gustaría ir allí, apartarla de su primo y exigirle que compartiera la gracia con él, pero, claro, las cosas no funcionaban así.

Con él era educada y cordial, como lo era con sus abuelos cuando se veían, pero no había vuelto a compartir con él aquella risa de pura alegría que tanto le había gustado cuando se conocieron.

Lo echaba de menos. La echaba de menos a ella. Era como si la parte más vital de su persona permaneciera encerrada en un lugar al que él no podía acceder.

A veces, cuando hacían el amor, tenía la sensación de haber saltado por encima de ese vacío y haber llegado a la mujer que se escondía tras sus reservas. En sus brazos, la devoraban las llamas con tanta fuerza como las que salían de la bombona que inflaba su globo aerostático. Sin embargo, una especie de vacío sobrevenía después, lo que le había llevado a desear, por primera vez, cavar más hondo y llegar a descubrir sus verdaderos sentimientos.

Aquella mujer lo estaba volviendo loco.

Se pasó una mano por la nuca. Estaba demasiado cerca del borde del precipicio.

Diable. No estaría celoso de su primo, ¿verdad?

Imposible. Pero se encontró de pronto recorriendo a grandes zancadas la distancia que le separaba de su despacho, solo para detenerse delante de la puerta.

«¡Piensa, hombre! ¿Qué vas a hacer? ¿Entrar y llevártela por los pelos al dormitorio?».

La idea era tentadora, la verdad, especialmente al verla sonreír cuando Henri le tocaba la mano para señalarle algo en la pantalla. Vale, sí. Estaba celoso. Sabía que no había nada entre ellos aparte de admiración profesional y buen rollo, pero eso no hacía disminuir su envidia.

Soltó el pomo de la puerta y dio un paso atrás. ¿Qué demonios le estaba pasando?

–Imogen.

Se quedó inmóvil, aunque no su corazón, que saltó al oír cómo aquella voz transformaba su nombre en una caricia.

¿Alguna vez sería capaz de dejar de responder de esa manera?

–Thierry –contestó, volviéndose. Apenas hacía unas horas que había pronunciado su nombre de otro modo, más bien gritándolo en aquella enorme cama suya–. ¿Necesitas el informe? Está casi listo –añadió, mirando a Henri con la esperanza de que participase en la conversación.

–No es por el informe. Te necesito.

Imogen se volvió de inmediato para mirarlo.

–Claro. ¿Me disculpas, Henri?

–Por supuesto. Ya casi hemos terminado. Lo tendrás en diez minutos, Thierry.

–No hay prisa. Mientras que sea como muy tarde esta noche, vale.

Imogen frunció el ceño. Hacía un rato, el informe era urgente, pero no pudo seguir pensando porque Thierry la había tomado suavemente por el brazo, y aquellas pequeñas cortesías que antes tanto le gustaban ahora eran pura tortura.

–¿Me quieres para algo?

–Sí –contestó, y la condujo hasta el aparcamiento. Hacía un hermoso día de sol–. Supongo que tendré que comprarme otro coche.

–¿Ah, sí? –ella se sorprendió. Adoraba su deportivo.

–En este no cabe una sillita de bebé.

La idea de que fuese a cambiar aquel cohete por un sedán familiar la sorprendió. Así que se tomaba en serio lo de ser padre...

–¿Qué hacemos aquí? –preguntó, cuando le vio abrir la puerta–. Tengo trabajo.

–Ya has trabajado bastante por hoy.

–Pero si es muy pronto aún.

–Te has casado con el jefe, así que hay pequeñas

contrapartidas. Además... –su expresión se volvió seria–, tienes que cuidarte.

Se encontraba mejor estando ocupada. Entre el trabajo en contabilidad, sus lecciones intensivas de francés y las horas que se pasaba con Jeanne aprendiendo secretos de la cocina francesa, tenía los días llenos. Pronto tendría que decidir si se iba o se quedaba, pero tener tiempo libre no la había ayudado a tomar la decisión, sino que había contribuido a deprimirla.

–Bueno, hoy tenemos que ir a otro sitio.

Imogen se quedó pensando un instante y enseguida cayó en la cuenta: lo había organizado todo para pasar el menor tiempo posible con su marido. ¿Quizás porque tenía miedo de que la convenciera de que se quedara?

–Por favor, Imogen –insistió él–. Es importante.

Era curioso, pero su expresión parecía tensa, lo mismo que el modo en que sostenía abierta la puerta.

–¿Qué ocurre?

–Nada. No pasa nada. ¿Es que no confías en mí?

Le miró a la cara y tuvo la certeza de que precisamente eso era algo que siempre podría hacer y había hecho. Jamás le haría daño deliberadamente. Había hecho mucho por protegerla.

–Por supuesto que confío en ti –respondió, apoyando su mano en la de él.

–¡Esto es increíble!

El viento arrastró sus palabras y le arremolinó el pelo en la cara. Imogen se echó a reír. La sensación de velocidad, el sonido del viento en las velas, el roce del casco en el agua junto con la sensación de aventura era como tener champán corriendo por las venas.

Thierry sonrió, y aquellas arrugas acrecentaron su

devastador atractivo. Parecía estar muy a gusto. Su cuerpo se movía con facilidad para ajustarse a los cabeceos del barco. Incluso había demostrado lo rápido que podía ser cuando vio que ella perdía mínimamente el equilibrio.

En realidad, eso era lo que siempre había hecho: facilitárselo todo. Primero su relación; luego, el bebé. Incluso a morir había estado dispuesto a ayudarla. Fuera lo que fuese, había estado a su lado.

Se le encogió el corazón. Cuánto lo quería. ¿Cómo iba a separarse de él? ¿Es que estaba loca?

—Sabía que te iba a gustar.

—No podías saberlo.

—Por supuesto que sí —replicó él, estirando las piernas y poniendo las manos bajo la cabeza—. Admítelo, Imogen: somos iguales. A los dos nos gusta la aventura.

—De eso nada. Yo soy una persona corriente y cauta. Soy contable, ya lo sabes, y hasta ahora no había hecho nada excitante. Solo la amenaza de la muerte me hizo salir de Australia.

—Pero funcionó, ¿no? No te quedaste allí a esperar el final, sino que saliste dispuesta a encontrarte a ti misma.

Parecía satisfecho, casi pagado de sí mismo, como si la sorpresa de salir a navegar fuese una especie de victoria en una guerra que ella desconocía.

—Me temo que no es así. Mi verdadera personalidad me empuja a estar en casa o en una oficina. Esto es... —se encogió de hombros—. La valiente de la familia era mi hermana, no yo.

El viento cambió y el barco se sacudió. Imogen se concentró para guiarlo, pero no hizo falta porque al instante Thierry estaba a su lado, con las manos sobre las suyas en el timón. Segundos después volvían a deslizarse tranquilamente sobre las aguas y él quitaba la mano, aunque no se movió de donde estaba.

Una sensación de bienestar la llenó y por una vez Imogen no se debatió, sino que aceptó aquel momento glorioso, con la fuerza del viento, la sensación de moverse sobre el agua y de tener a Thierry a su lado.

—¿No crees que hiciera falta valor para cuidar de tu madre? Si hasta perdiste a tu pareja por ello... ¿Y no te parece que hace falta ser valiente para enfrentarte a la idea de tu propia muerte? O de llevar adelante sola un embarazo.

—No tenía otra elección, así que no era valor, sino necesidad.

—Te equivocas, Imogen —replicó, tomando su mano y llevándosela a los labios—. Eres una mujer excitante, maravillosa y valiente. Hacemos buena pareja porque a los dos nos gusta exprimir la vida.

Ella fue a llevarle la contraria, pero él le puso un dedo en los labios.

—Es cierto, Imogen. ¿No sientes tú que estamos bien juntos?

El problema era precisamente que ella también lo sentía, pero porque se había enamorado de él hasta las trancas, mientras que en su caso... es que era imposible que Thierry se enamorara de alguien como ella.

—Estás hablando con una mujer que se ha pasado días enteros aprendiendo a preparar pastelillos, no desafiando a la suerte.

—¿Por qué te empeñas en pensar que las cosas son blancas o negras? ¿No te das cuenta de que somos más complejos? Puede que me encanten los rallies y escalar, pero nunca me he pasado todo el tiempo de que dispongo haciendo esas cosas. ¿Sabes cuántas horas me paso debajo del motor de mi coche de competición para dejarlo afinado a la perfección, o para preparar la siguiente ruta por las montañas?

–Tú no lo entiendes –le dijo, a pesar de que él le estaba pasando un brazo por la cintura–. No soy la mujer que tú crees que soy. La mujer que conociste en París no es la verdadera Imogen.

–¿No? –su voz era un ronroneo que le impedía controlarse–. Te has pasado tanto tiempo escondiendo la cabeza bajo la tierra que no ves que eres más compleja de lo que te imaginas –hizo una pausa–. Creo que esa es la razón de que tengas miedo de darme una oportunidad –dijo, y se alejó un paso de ella, pero sin dejar de mirarla a los ojos–. Hay mucho entre nosotros, Imogen. ¿Por qué no quieres darnos una oportunidad? A nosotros dos y a nuestro hijo.

«Porque tengo miedo de quererte y que tú no me quieras a mí».

–Confía en tu instinto, Imogen. Piensa en los buenos momentos que podríamos vivir juntos.

Claro que quería quedarse. Ese era el problema. Era demasiado fácil imaginarse a sí misma con él, no solo en el *château* o en sus brazos, sino viviendo, compartiendo aventuras como aquella.

–Lo único que tienes que hacer es olvidar tus miedos y confiar en nosotros.

¡Olvidar sus miedos! Después de vivir tanto tiempo con sus miedos era mucho más fácil decirlo que hacerlo. Sin embargo, la tentación era casi imposible de resistir.

En realidad, ¿qué la retenía? ¿Miedo a no ser amada? Si se marchaba, rompería definitivamente el lazo de unión que había entre ellos, además de cualquier posibilidad que existiera de que llegase a quererla.

¿Era pedir demasiado esperar que hubiese llegado a quererla en tan poco tiempo?

Lo miró de nuevo. Parecía relajado, aunque su mirada dijese lo contrario. Había decidido distanciarse deliberadamente, cuando habría sido mucho más fácil convencerla mientras la abrazaba.

Estaba siendo noble, algo que aún le ponía más difícil la decisión de alejarse, pero no sería el hombre al que adoraba de no comportarse con decencia y delicadeza.

Miró a su alrededor. Thierry estaba compartiendo con ella su amor por estar al aire libre, por la velocidad y la aventura. No la estaba dejando fuera de su vida, sino que la invitaba a entrar.

El corazón le latía en estampida y parpadeó varias veces, cegada repentinamente por un destello del sol en el agua.

—¡Cuidado! —exclamó él, y corrió a su lado para guiar sus manos al timón. El barco cabeceó un instante, pero enseguida viró y volvió a dejarse llevar por el viento.

Pero no fue la velocidad lo que le cerró de aquel modo la garganta, sino la cercanía de su cuerpo caliente, su olor.

No le quedaba otra opción.

—Tú ganas, Thierry. Me quedo.

Iba a ser la mayor apuesta de su vida, la única, pero invertiría en ella cuanto tenía.

Capítulo 12

THIERRY la abrazó por la cintura desde detrás, y en el espejo que tenía frente a ella, Imogen se encontró con aquella sonrisa ya tan familiar que volvió a encogerle el estómago como aquella primera noche en París.

–Te comería toda –dijo, besándola en el cuello.

–En serio, Thierry. ¿Está bien este vestido para hoy?

Era su primer evento formal como anfitriona y estaba nerviosa. Cuando se lo dijo, hacía ya un mes, le había parecido que una de las creaciones de su hermana sería perfecta: aquel vestido blanco largo con flores rojas le daría confianza. Era el que llevaba la noche que conoció a Thierry. Pero a lo mejor debería haberse comprado uno, como le había sugerido él.

–Es perfecto –respondió, poniéndole la mano en el vientre, que había engordado algún centímetro ya.

–No sé si no voy a estallar las costuras –dijo.

Él subió las manos hasta sus senos, y a ella le temblaron las piernas.

–El único problema va a ser no disgustar a las demás mujeres cuando los hombres solo tengan ojos para ti, *ma chérie*.

–Adulador –Imogen sonrió.

–Sirena –respondió Thierry acariciando sus pezones, aún más sensibles desde que estaba embarazada, y él lo sabía.

–¡Thierry! Que no tenemos tiempo –le regañó–. Y aún estoy sin maquillar.

Él la besó de nuevo en el cuello y dio un paso atrás.

–Vale, me portaré bien. Además, tengo una cosa para ti.

–¿Ah, sí?

Iba a volverse, pero él se lo impidió.

–Quédate ahí.

Al instante, un magnífico collar le adornaba el cuello. La luz del vestidor arrancaba destellos a las gemas y el oro viejo que conformaban la pieza, y le sorprendió el peso que notó sobre el pecho.

–Había oído hablar de rubíes como huevos de paloma, pero...

–¿Lo encuentras anticuado?

–Es... precioso –musitó ella–. Espero que no sea de verdad.

–Lo es. Eres mi esposa, y tienes que parecerlo además de serlo. Este collar lleva generaciones en mi familia, y además le queda bien a tu vestido.

Tenía razón. El brillo rojo de la gema central era del mismo color de las flores del vestido, y su diseño tan elaborado le sentaba bien a aquel modelo sin mangas.

Lo rozó con las yemas de los dedos mientras pensaba que se veía diferente. No se parecía a la mujer que conocía. Por supuesto que Thierry quería sentirse orgulloso de ella aquella noche. La sesión que le había reservado en un salón de belleza había sido un regalo bien pensado, un tiempo que su abuela había empleado para ponerla al día en cuanto a quién era quién en la sociedad francesa que asistiría aquella noche a la fiesta. Además, con la ayuda de su tutor de francés, se sentía capaz de salir airosa de las presentaciones y con una conversación básica.

Se pasó las manos cubiertas con guantes blancos por

el vestido, diciéndose que todo iba a salir bien. No estaba acostumbrada a grupos tan numerosos, pero con Thierry a su lado, todo saldría bien.

Thierry no se quedó a su lado. Durante más o menos una hora sí lo estuvo, saludando a los invitados, transformando a aquellos sofisticados desconocidos en personas con las que poder charlar tranquilamente.

Pero, cuando transcurrió un rato, quedaron separados. De vez en cuando volvía la cabeza para mirarla arqueando las cejas, y ella se limitaba a asentir para hacerle saber que todo iba bien, aunque había una mujer en concreto... Sandrine. Era una rubia alta y delgada que parecía recién salida de una revista de moda. Era la mujer más hermosa que había visto nunca, con su larga melena platino, facciones perfectas y una seguridad en sí misma que le hacía llevar un vestido de lamé plateado sin espalda y una verdadera fortuna en diamantes con total naturalidad.

Pero no había sido su belleza lo que a Imogen le había hecho mirarla, sino saber que aquella era la mujer que le había roto el corazón a Thierry. Sandrine le había dejado bien claro que se conocían desde niños, y que ella era una advenediza en aquel entorno.

Cuando él estaba a su lado, no le importó, pero a medida que avanzaba la velada resultaba más difícil no hacer comparaciones entre la glamurosa rubia que tan cómoda se sentía en aquel entorno, y ella.

Su atención volvió a la pareja con quien estaba conversando.

—Fue una desilusión no ver esas serpientes tan peligrosas de las que nos habían hablado —decía el marido.

—Puedo recomendarles alguna reserva natural para su próxima visita —contestó Imogen con una sonrisa—.

Veo que sus copas están vacías. Voy a pedirle a un camarero que venga.

–¡No es necesario! No se moleste.

Aunque era agradable charlar, se sentía mejor haciendo algo práctico. La ayudaba a no sentirse como pez fuera del agua en aquel ambiente. Aunque no todos los invitados eran ricos. Algunos eran vecinos o amigos de Thierry que compartían su interés por los deportes de riesgo.

Iba hacia el otro extremo de la estancia cuando la voz de una mujer le hizo caminar más despacio.

–Por supuesto que está embarazada... ¿Qué otra cosa podría ser? Se ha casado con ella para darle un apellido al niño... No es el tipo de Thierry. ¿Alguna vez lo hemos visto con una morena? Y en cuanto al resto... se merece alguien con más clase.

Una melena rubia platino rozó la espalda desnuda de la mujer.

Sandrine. El primer amor de Thierry. ¿Sería esa la razón por la que decía que no quería un matrimonio por amor? ¿Le había entregado el corazón a aquella mujer y nadie más podría ocupar su sitio? ¿De verdad esperaba que la quisiera cuando le gustaban las rubias como aquella diosa griega?

–¡Vamos, Sandrine! –respondió alguien con acento estadounidense–. Eso no puedes saberlo. Yo te digo que fue amor a primera vista. No hay más que mirarla para saber que está enamorada de los pies a la cabeza. A mí me parece muy dulce.

Antes de que pudiera moverse, Sandrine contraatacó.

–Estoy de acuerdo. Me da una pena la pobre...

A pesar de su determinación de seguir adelante, Imogen no logró hacer que sus pies se movieran.

–¿No viste la foto que salió hace un mes? Sí, la de

Thierry besando a una rubia en el bar de un hotel durante su viaje de escalada. Desde luego, por la forma en que se pegaba a ella, estaba claro que acababan de salir de la cama.

–¡Imogen! Por fin te encuentro.

Era Poppy Chatsfield, una pelirroja modelo de alta costura, tan sofisticada como las demás, pero con una sonrisa cálida.

El suelo parecía moverse bajo los pies de Imogen, y una mano helada le había congelado la espina dorsal.

Thierry besando a otra mujer.

Thierry abrazando a otra mujer.

–¿Imogen? –una mano la sujetó de pronto por un brazo para acompañarla a otro punto de la estancia–. Tienes que sentarte. En tu estado, no deberías pasar tanto tiempo de pie.

–¿Es que todo el mundo sabe que estoy embarazada? –preguntó con amargura, mientras se acomodaban en un sofá antiguo.

–Claro que no, pero Thierry y Orsino son amigos de toda la vida, y acaba de darnos la noticia. Venía a felicitarte –dijo Poppy, e hizo una pausa, mirándola con preocupación–. ¿Quieres que te traiga algo? ¿Un vaso de agua?

–No, estoy bien –respondió, e hizo una mueca que pretendió que pasara por sonrisa.

–Si quieres que te dé un consejo, yo no haría mucho caso de lo que dijera Sandrine.

Imogen enrojeció.

–No sé qué te habrá dicho –continuó la joven con suavidad–, pero tengo una vaga idea de qué es lo que te ha revuelto el estómago.

A pesar de la desilusión y el dolor, Imogen no pudo dejar de pensar que aquella mujer le gustaba.

–Así está mejor. Ya no parece que vayas a desmayarte.

–Eso no va a ocurrir –replicó, irguiéndose y respirando hondo–, pero gracias. Te agradezco la preocupación.

Poppy asintió.

–Supongo que ya sabes que Sandrine...

–Sí. Hace años ella y Thierry eran pareja.

–Lo que iba a decir es que Sandrine no es tan bruja como parece, aunque esta noche no esté en su mejor momento. Está molesta porque Thierry se ha casado contigo.

–¿Y por qué iba a estarlo? Fue ella quien lo rechazó. Lleva años casada con otro.

–Sí, y le encantaba ver a Thierry saltando de una mujer a otra sin encontrar a nadie en particular. Como si no pudiera suplantarla. Ahora te presentas tú y se lo robas, porque es obvio que está enamorado de ti.

Imogen entrelazó las manos. Ojalá aquellas palabras pudieran ofrecerle consuelo.

Thierry no estaba enamorado de ella. Decía que estaban bien juntos porque ninguno de los dos esperaba corazones, flores y declaraciones de amor. ¿Explicaba eso la presencia de esa otra mujer?

Debía de haber ocurrido el fin de semana que siguió a la noticia de que no era necesario que siguieran casados porque iba a vivir. Una rubia. Sandrine había dicho que las morenas no eran su tipo. Miró a su alrededor. ¿Cuántas de las personas allí congregadas habían visto la foto? ¿Cuántas sabrían que la habría traicionado?

Estaba claro que él no lo consideraba una traición. ¿Porque no la amaba, o porque esas cosas sucedían en aquel ambiente? ¿Así era como iba a funcionar su matrimonio?

El dolor fue como si le atravesaran el corazón con un hierro candente.

–Imogen, me estás preocupando. ¿Quieres que busque a Thierry?

–No, no... –necesitaba tiempo para asimilar todo aquello–. Es solo que... que hay mucha gente aquí y me falta un poco el aire.

Poppy le tomó la mano.

–¡Pobre! A mí me pasaba lo mismo cuando estaba embarazada de Sofia.

–Si no te importa, voy a salir un poco a tomar el aire –dijo Imogen, y se levantó, haciendo fuerza para que las rodillas no le temblaran. No iba a desmayarse, y mucho menos delante de los amigos de Thierry.

–Te acompaño.

Iba a protestar, pero Poppy se le adelantó.

–Sola no irás muy lejos. Todo el mundo quiere hablar contigo, pero, si te acompaño yo, tendrás una excusa para no detenerte.

Un par de minutos después, apoyaba las manos en la balaustrada de piedra de la terraza. El runrún de las conversaciones quedaba lejos, y la luna teñía de plata la escena.

–Ya me siento mejor, gracias. Si quieres, ya te puedes volver con Orsino. Seguramente andará preguntándose dónde te has metido.

Necesitaba desesperadamente estar sola.

–No, qué va. Thierry y él están ocupados planeando su gran viaje.

–¿Un gran viaje?

–Bueno, lo de siempre. Llevan años planeando su próxima gran aventura. En cuanto Thierry quede libre, se lanzarán a ello.

–¿Libre?

¿Libre de ella?

–Libre de la empresa.

Poppy puso cara de enfado al darse cuenta de que el brazalete que llevaba se le había enganchado en una lentejuela del vestido.

–¿A qué te refieres?

–¿No lo sabes? –preguntó, sorprendida–. A lo mejor es que no lo he entendido bien –se apresuró a decir–. Es que...

–Por favor, Poppy. Necesito saberlo.

No parecía hacerle mucha gracia hablar de ello, pero accedió.

–Solo lo saben los más íntimos. A Thierry no le gusta hablar de ello en público.

Fuera lo que fuese, no le había parecido necesario hablarlo con su mujer. La desilusión era cada vez mayor. ¡Y ella que se había convencido de que, si tenía paciencia, las cosas cambiarían entre ellos! ¿Cuántos secretos le estaría ocultando?

–Thierry se hizo cargo de la empresa familiar contra viento y marea cuando su abuelo enfermó.

–Ah, sí. Tuvo un ataque.

–Thierry no aguanta estar encerrado entre cuatro paredes. Dice que cualquier día se va a volver loco. Dijo que se haría cargo de la empresa para reflotarla, pero que después buscaría un buen director y volvería a su vida de antes. Orsino y él han hecho muchos viajes en globo juntos, además de rallies y escaladas.

Hizo una pausa como esperando a que Imogen le confirmara que todo eso lo sabía, pero ella siguió contemplando el jardín bañado por la luna.

–Durante años han venido hablando de hacer un viaje largo para celebrar su libertad. La última vez que les oí hablar de ello, era un descenso de aguas bravas en no sé qué sitio. Yo no me perdería allí ni loca. A lo mejor podríamos quedar algún día cuando ellos estén fuera –añadió–. Así podríamos conocernos mejor.

–Me parece genial –se obligó a decir. Le gustaba Poppy. En otras circunstancias podía imaginársela como amiga, pero eso no iba a ocurrir.

El dolor pasó de ser una aguda punzada a un peso sordo que la dejaba sin aire.

¿Qué más necesitaba para convencerse de que aquel matrimonio era un error? Thierry no estaba interesado en sentar la cabeza y no creía en el amor. A regañadientes, se había hecho cargo de la empresa de su familia. ¿Cuánto tardaría en lamentar haberse cargado con una mujer y un hijo?

—Lo que ocurre es que las cosas están un poco en el aire ahora. Son un poco... complicadas.

Intentó sonreír, pero no debió de lograr convencer a Poppy por la forma en que la miraba.

—Claro. No pretendo presionarte. Un matrimonio puede ser tan exigente como excitante –sonrió–. Orsino y yo pasamos un verdadero infierno antes de llegar a convencernos de que nos queríamos y confiábamos el uno en el otro –dijo, y tocó suavemente su brazo–. Ten presente que, si alguna vez necesitas hablar, me tienes a tu disposición. Sé bien lo duro que puede ser estar casada con uno de estos hombres a los que les gusta tanto llevar las riendas.

—Gracias, Poppy. Eres muy amable. Será mejor que entremos, por si nos echan de menos.

No se le ocurría nada peor que hacer, pero tenía su orgullo. Resistiría como fuese la velada y luego decidiría lo que iba a hacer. La pena era que no lo hubiera hecho meses antes, porque solo había una cosa que una mujer que se respetara a sí misma pudiese hacer en esas circunstancias.

Capítulo 13

IMOGEN?
Thierry encendió la luz. El dormitorio estaba vacío.
¿Dónde estaba? La había visto subir cuando se despidió el último de los invitados. Parecía cansada, pero no había aceptado su sugerencia de que se retirara antes.

Sonrió. Había estado magnífica. Había tenido sus dudas sobre si no le estaría pidiendo demasiado, pero había salido airosa del lance.

Cruzó la habitación para ir al baño y abrió la puerta. Estaba vacío. ¿Dónde se habría metido? Se le hizo un nudo en el estómago. Algo no iba bien.

Fue al vestidor, pero tampoco la encontró allí. Frunció el ceño al recordar su palidez, y se reprendió por no haberla acompañado a la habitación. Salió del dormitorio para mirar en el salón. Fue entonces cuando vio luz salir por debajo de la puerta del otro dormitorio.

El corazón le comenzó a latir con furia. ¿Por qué estaba en su alcoba de antes? ¿Estaría enferma? ¿Pasaría algo con el bebé?

Abrió la puerta. Todo estaba tranquilo. El agua caía en el baño.

Estaba a punto de abrir la otra puerta cuando vio que el ordenador estaba sobre la cama, abierto. Bastó con un vistazo para que el mundo se detuviera.

Diable! ¿Lo habría visto Imogen? Sintió primero frío y después calor. La foto era aún peor vista de cerca. La rubia se le echaba encima mientras se besaban.

Desde aquel ángulo él parecía completamente inmerso en la pasión. Deslizó un dedo por la pantalla hasta llegar al pie de la foto y vio la fecha.

Sintió que las tripas se le volvían de plomo. Daba igual saber que no había pasado nada. La culpa seguía ahí.

Oyó que la puerta se abría y se volvió.

—Hola, Thierry.

—¿Estás bien? —preguntó. Parecía tranquila, pero estaba muy pálida.

Iba a acercarse a ella, pero se detuvo. Fue la expresión de su cara lo que le impidió hacerlo: fría, distante, cerrada. Nunca la había visto así.

—¿Por qué no iba a estarlo?

Se quitó el reloj y lo dejó sobre la cómoda.

—Es que me he preocupado al no encontrarte en la habitación. ¿Por qué estás aquí?

—Estoy cansada y tengo el estómago un poco revuelto. Es mejor que duerma aquí.

Si estaba cansada, ¿por qué no se había acostado ya? La respuesta era sencilla: porque había estado informándose sobre él, buscando esa foto. Intentó enfadarse, pero solo logró encontrar remordimiento.

—Sobre esa foto...

Ella se volvió de inmediato y sintió una descarga de energía, como si hubiera metido los dedos en un enchufe.

—No es lo que parece.

Pasó por delante de él para ir a cerrar el ordenador y no dijo nada.

—Imogen, he dicho que no es lo que parece.

—Si tú lo dices.

—Lo digo —insistió, sujetándola suavemente por un brazo—. ¿Por qué no dices nada?

—Estoy cansada —respondió, mirándolo a los ojos—. Ya hablaremos por la mañana.

—¿Estás de broma? —la ira, más aceptable, le había

ganado la partida a la culpabilidad–. Tenemos que hablar ahora.

–Ya he tenido suficiente por hoy.

Pero el instinto le decía que no debía esperar. La condujo hasta la cama y ella lo miró desafiante cuando se sentó a su lado.

–¿No sientes curiosidad por esa mujer de la foto?

–No particularmente.

–Me besó –le dijo, y notó cómo ella se estremecía–. Estaba tomando una copa en el bar la última noche del viaje...

–No tienes por qué justificarte.

–Me pidió que la invitase a una copa y después me besó.

–Estoy segura de que te ocurre constantemente.

La punzada de ira que reconoció en sus palabras le dio esperanza.

–No ocurrió nada, Imogen. Fue solo un beso. Lo que has visto en esa foto es el momento en que estaba apartándola de mí.

Ella lo miró fijamente un instante, y a continuación bajó la mirada.

–Si tú lo dices.

–Pues claro que lo digo.

¿Cómo podía convencerla? Aquella aparente pasividad le asustaba. ¿Dónde estaba la vibrante Imogen? ¿Por qué no reaccionaba?

–Está bien. Ahora me voy a dormir.

–¿Qué pasa, *chérie*?

–¡No! No me llames así –explotó, y se alejó de él, tocándose el brazo donde había estado su mano, casi como si le hubiera hecho daño–. No soy tu *chérie* y nunca lo seré.

–¿De qué estás hablando? Por supuesto que lo eres. Eres mi mujer.

No le gustaba la dirección que tomaba aquello.

—Soy tu mujer por pura conveniencia. Nada de tu *chérie* ni cosas por el estilo. Sé que es solo una palabra que se dice sin pensar, pero... no quiero volver a oírtelo decir.

—Imogen...

—Y dado que insistes en que hablemos ahora, quiero que sepas que he decidido marcharme. Esto no está funcionando.

Thierry se levantó de golpe.

—¿Por una estúpida foto? ¡Ya te he dicho que no ocurrió nada! Te doy mi palabra —sentenció, y la palabra de un Girard era sólida como una roca.

Pero ella no pareció impresionarse. Lo miró cruzándose de brazos.

—No es por la foto.

—No me mientas, Imogen. Siempre nos hemos dicho la verdad.

Era una de las cosas que más había apreciado de ella: su sinceridad. Era directa y abierta, alguien a quien se podía creer.

—¿Quieres la verdad? —la pasividad se había borrado de golpe—. La verdad es que casarme contigo ha sido el mayor error de mi vida. Ya he tenido suficiente y me vuelvo a Australia. Cuando llegue, prepararemos los papeles del divorcio.

A Thierry se le nubló la visión, casi como aquella vez en Austria en que estuvo a punto de matarse. Flexionó un poco las rodillas para contrarrestar el mareo, pero nada pudo contrarrestar el dolor que sentía en el pecho.

—Tú no vas a ninguna parte.

Aquellas palabras salieron de sus labios sin darse cuenta.

—¿Me lo vas a impedir por la fuerza?

Él dio un paso atrás.

—No voy a dejarte marchar.

Ella se levantó de golpe y se plantó delante de él.

—No puedes impedírmelo.

¿Qué había pasado? ¿Cómo habían llegado a aquello?

—Ya sabes que sí puedo —replicó él, y quiso tocarle la mejilla, pero ella dio un respingo—. Sabes que estamos bien juntos, Imogen. No puedes querer renunciar a eso.

—Sí, claro. El sexo es bueno entre nosotros. ¿Te refieres a eso? —preguntó, burlona—. ¿Por qué iba yo a renunciar a mis raíces por algo así? Ha sido una locura quedarme en Francia.

Thierry sintió miedo al comprender hasta qué punto estaba decidida. En realidad, miedo era lo que había sentido al sufrir aquel accidente que acabó con su carrera de esquiador olímpico. Y cuando el paracaídas no se abrió del todo en uno de sus saltos.

Aquello era otra cosa. Era un nivel de terror que nunca había experimentado. Un terror ciego y purulento que no desencadenaba un torrente de adrenalina que le ayudase a enfrentarse al peligro, sino una debilidad que le afectaba hasta los huesos y que le hacía sentirse indefenso.

—¿De verdad piensas que esto es solo sexo?

Solo cuando la vio encogerse cobró conciencia de que había gritado. Él nunca gritaba, así que aquella pérdida de control le sorprendió.

—Si esta relación no tiene que ver solo con el sexo —respondió ella, la serenidad personificada—, dime tú qué es, Thierry.

Él tragó saliva.

—Nuestro hijo...

Ella bajó la mirada un instante, pero sus ojos volvieron a brillar como el acero.

—Nuestro hijo vivirá perfectamente sin esto. No es necesario que vivamos una farsa para que crezca feliz y sano. No pretendo mantenerte al margen de su vida.

—¿Una farsa? ¡Nuestro matrimonio no es una farsa!

–después de todo lo que había hecho, de todo lo que le había ofrecido, ¿no confiaba en su relación?–. Lo nuestro es real –continuó–. Tan real como puedan garantizarlo las leyes francesas.

–A mí me importa un comino la ley, Thierry. Lo que me importa es que me he casado con un hombre que no me quiere, y que no va a poder quererme nunca. Y yo quiero más –sentenció–. Ha sido un error pensar que iba a poder conformarme con menos.

–Te he dicho que no me acosté con esa mujer.

–Esto no es por ella, sino por mí. Tú no me quieres por mí, por lo que soy, sino por el heredero que llevo dentro y porque somos físicamente compatibles.

Se levantó y fue hasta la ventana, y él la siguió con la mirada.

–Ya hemos hablado de esto, y acordamos que teníamos las bases para un matrimonio magnífico.

–¡No! He cambiado, Thierry. Hace tiempo habría podido conformarme con el sucedáneo de un sueño, pero ya no. Hubo un tiempo en el que no me atrevía a soñar porque era demasiado cauta, pero creerme a las puertas de la muerte me ha dado valor. Y tú me has ayudado, Thierry –sonrió con tristeza–. Me has animado a perseguir mis sueños, y mi sueño es amar y ser amada –se encogió de hombros–. Tan sencillo y tan grande como suena.

Thierry vio que se frotaba los brazos con las manos. ¿Habría notado también ella la ola de frío glacial que se había colado en la habitación?

–Sé que nunca vas a poder amarme, Thierry. Tu ex ha dicho esta noche que no crees en el amor, y que yo no soy mujer para ti. No soy rubia, ni sofisticada. La mujer que tú conociste en París llevaba una apariencia prestada, igual que esta noche. Era un traje prestado en el que fingía encajar, pero no pertenezco a tu mundo, así que lo mejor que puedo hacer es marcharme.

–¿Para encontrar un hombre al que amar?

Su gesto se cargó de angustia, pero en realidad era él quien estaba resultando destrozado.

–Si puedo...

Thierry se acercó y tomó sus manos. Las tenía heladas.

–No –protestó con voz áspera.

–¿Disculpa?

–No puedes hacer eso. No puedes hacerme eso a mí.

Miró sus manos y se las imaginó juntas dentro de veinte, de cuarenta años, venosas y arrugadas, y esa imagen le hizo sentirse bien. Imaginársela entregándose a otro hombre, envejeciendo a su lado, le puso el estómago del revés.

–¿A ti?

La miró a los ojos y reconoció todo aquello que sintió la primera noche en que la vio al otro lado de una sala de París.

En un principio había creído que era solo atracción, deseo sexual, curiosidad y placer al verla hacer todos aquellos descubrimientos. Pero sus sentimientos iban mucho más allá, y así había sido casi desde un principio.

–Suéltame, Thierry –le pidió. Parecía desesperada, y eso le dio a él esperanza.

–No puedo.

Y era verdad que no podía. La miró a los ojos pidiéndole que lo comprendiera, que le creyera, que compartiera lo que él sentía.

–No puedo, Imogen, porque te quiero.

La habitación comenzó a dar vueltas, y las manos de Thierry hicieron de ancla con el mundo. Pero fueron sus ojos los que la mantuvieron inmóvil, con una mirada que no le había visto nunca.

–No me mientas, Thierry.

¿Sería capaz de fingir amor si era lo que ella quería?

–Yo no miento.

¡Ojalá fuera cierto!

–No puedo más, Thierry. Esta noche, no.

–Esto no puede esperar.

Y la tomó en brazos antes de que ella pudiera hacer acopio de fuerzas para resistirse. Si aquella iba a ser la última vez que iba a estar en sus brazos, fijaría cada detalle en la memoria, de modo que apoyó la cabeza en su pecho.

Thierry dio unos pasos, pero no hacia la cama, sino hacia el asiento que había bajo la ventana.

–Te quiero, Imogen.

Las palabras vibraron en su cuerpo y reverberaron en el de Imogen.

–Thierry, por favor... no intentes fingir. Te daré acceso al niño.

–Esto no tiene que ver con el niño, sino con nosotros.

Apoyó la cabeza en el pecho del hombre al que intentaba resistirse.

–No, no es cierto. Es tu orgullo el que habla. No quieres renunciar.

–Pues claro que no quiero renunciar sin luchar. He tardado toda una vida en encontrarte.

La sinceridad parecía impregnar sus palabras, pero no podía ser.

Alzó la mirada. Sus facciones estaban marcadas por la tensión, apretaba los labios y su mirada parecía... perdida.

–Déjate de juegos, Thierry. Es una crueldad que no es propia de ti.

–Lo cruel sería perderte –respondió él, apretándola contra sí–. Te quiero, Imogen. Es lo único que importa.

–Tú no crees en el amor. Me lo dijiste.

–Era un idiota cargado de ignorancia. Y un arrogante –contestó, y le rozó la mejilla con tanta ternura que se le humedecieron los ojos–. No llores. Quiero que seas feliz.

–No soy tu tipo. No soy alta ni glamurosa, ni tampoco...

–Yo lo que sé es que no podría vivir sin ti. Y en cuanto a que me guste andar detrás de las rubias... mis gustos han madurado –movió la cabeza–. Y nunca me he enamorado de una.

–¿Ni siquiera de Sandrine?

Él sonrió con tristeza.

–¿Pareceré un viejo si te digo que eso fue una locura de juventud? Estaba hipnotizado, pero me alegro de que acabara casándose con otro. Nos habríamos hecho muy infelices el uno al otro. Somos demasiado parecidos. Demasiado egoístas.

–Tú no.

Se había involucrado de tal modo en sus cuidados que nunca podría tildarlo de egoísta.

–Lo soy, pero ahora que te he encontrado, haría cualquier cosa por retenerte.

–Como fingir que me quieres.

Thierry tomó su cara entre las manos para contestar:

–Nada de fingir. Desde el principio supe que eras distinta. No sabía exactamente cómo o en qué, pero lo noté. Me dije a mí mismo que eras una bocanada de aire fresco, una diversión, pero ya entonces eras mucho más. Estaba a punto de intentar localizar tu dirección en Australia cuando apareciste en mi puerta.

–¿En serio?

–En serio. No sabía que estaba enamorado. Es que soy un poco lento de entendederas, ¿sabes? Pero empecé a enamorarme de ti la primera noche de París.

La esperanza se enmarañaba con la incredulidad, robándole las palabras, enredando sus pensamientos.

–Pero la mujer que conociste en París no era yo en realidad. Soy una persona aburrida, y que no...

–¿Aburrida? –Thierry se rio–. Todo menos eso. Eres más excitante que cualquier otra mujer que yo conozca.

–No lo entiendes.

–Lo entiendo perfectamente. Eres cauta y te gusta sopesar tus opciones. Te gustan los números y el orden. Pero aquella mujer de París es otra faceta de tu personalidad que has estado años reteniendo. No fingiste nada entonces. Solo tienes que dejarla salir –su sonrisa era tan dulce que a ella se le encogió el corazón–. Tu deseo de vivir es contagioso, y me ayudas a ser el hombre que yo quiero ser. La posibilidad de perderte es... –le falló la voz–. No vuelvas a decir que no eres glamurosa –continuó con la confianza de siempre–. Eres la mujer más atractiva de este planeta, ya sea con un vestido de baile o con unos vaqueros viejos. O mejor aún, sin nada.

–¡Qué mentiroso!

Thierry sonrió.

–Eres la mujer más extraordinaria que conozco, y te amo, Imogen. Quédate conmigo. Con el tiempo, espero que llegues a quererme.

¿De verdad no sabía nada?

–Tú no quieres atarte a una mujer. Lo que tú quieres es ser libre y seguir con tus aventuras, como la que estás planeando con Orsino.

–Antes me lamentaba de lo que había perdido, de la libertad de salir en cualquier momento. Me decía a mí mismo que detestaba el trabajo que me había visto obligado a desempeñar, y al principio era así. Pero con el tiempo me he dado cuenta de que me gusta el comercio. Me gusta lo que supone de riesgo, de buscar las oportunidades y hacerlas crecer –sonrió–. Últimamente he madurado mucho. He pasado de ser un ligón centrado solo en sí mismo a un adulto responsable. No ha sido fácil, tengo que admitirlo, pero estoy satisfecho con el resultado. He llegado a la conclusión de que necesito equilibrio en mi vida, y ahora que las empresas se han recuperado, puedo dar un paso atrás y recuperar parte de la vida que tenía antes, pero no quiero desentenderme por completo. Quiero seguir al frente de las empresas y a la vez tener un poco de tiempo para montar en globo o ir a escalar. Pero lo que más deseo, por encima de todo... –su voz bajó el tono–, es estar contigo y con nuestro hijo –la miró fijamente a los ojos–. Esa va a ser la aventura más excitante de toda mi vida. No me la perdería por nada del mundo –concluyó, acariciándole la mejilla con el pulgar–. Renunciaré a todo: el senderismo, los negocios, lo que sea, si así consigo que te quedes a mi lado. Me trasladaré a Austra...

Imogen le puso la mano en los labios.

–¿Harías eso de verdad?

–Te quiero, Imogen, y cuanto quiero es estar contigo. Lo dcmás no vale nada.

¿El *château*, su lugar en la sociedad, sus derechos de nacimiento, eran menos preciosos para él que ella?

–Ay, *mon cœur*, no llores, que me partes el corazón.

Thierry se acercó a besar las lágrimas según resbalaban por sus mejillas e Imogen sintió tan lleno el corazón que temió que le fuese a estallar. Incluso se aferró a sus hombros para preguntarle:

–¿Hablas en serio?

–Jamás en la vida he hablado tan en serio. Quédate conmigo, y te lo demostraré. Nadie podrá amarte nunca más que yo, y un día, con el tiempo, sentirás lo mismo que yo.

–Un día, no. Ya. Ahora.

Él la miró como si no entendiera.

–Estoy enamorada de ti desde París –le confesó, estremecida–. Desde aquella primera noche.

Esperaba una sonrisa, pero Thierry cerró los ojos y murmuró algo en francés.

–¿De verdad me quieres? –preguntó al abrirlos, y aquel brillo intenso que la había enamorado desde el primer momento volvió a estar presente.

–Por eso lo he pasado tan mal y estaba dispuesta a irme. Creía que podría vivir contigo aunque tú no sintieras lo mismo que yo, pero...

–Pero llegaste a la conclusión de que era un bruto egoísta y desagradecido incapaz de darse cuenta del tesoro que tenía entre las manos –la abrazó de nuevo y puso una rodilla en el suelo–. Imogen, ¿quieres hacerme el hombre más feliz del mundo? ¿Te casarás conmigo y viviremos juntos el resto de nuestras vidas?

–¡Pero si ya estamos casados!

–Quiero que volvamos a hacerlo, pero esta vez de verdad. Que los dos pongamos el corazón en ello. Un matrimonio por amor, y no de conveniencia.

–¡Oh, Thierry!

Los ojos volvieron a llenársele de lágrimas.

–¿No te gusta la idea?

–¡Me encanta!

Su sonrisa y el beso que le dio en la palma de la mano eran reflejo de que él pensaba lo mismo, pero había un brillo malicioso en su mirada.

–Tengo entendido que a las mujeres les encanta comprar el vestido de novia y los adornos para una boda por todo lo alto.

Imogen compuso una mueca de aburrimiento.

–¿Una boda por todo lo alto? ¿Y si nos casáramos en un globo, o en...

Él se levantó y la besó en los labios.

–Lo que tú quieras, *mon coeur* –sonrió–. ¿Y si buscamos un sitio más cómodo para hablar de las distintas posibilidades?

–Qué buenas ideas tienes siempre, Thierry –respondió ella, y al darle la mano supo que tenía razón: el futuro que les aguardaba juntos iba a ser la mejor aventura de su vida.

¡Un matrimonio para robar titulares!

Cairo Santa Domini era el heredero real más desenfadado de Europa y evitaba con pasión cualquier posibilidad de hacerse con la corona. Para reafirmar su desastrosa imagen y evitar las ataduras del deber, decidió elegir a la esposa más inadecuada posible.

Brittany Hollis, protagonista habitual de las portadas de la prensa sensacionalista, poseía una reputación digna de rivalizar con la de Cairo. Sin embargo, con cada beso que se dieron empezó a sentirse más y más propensa a revelarle secretos que jamás había revelado a nadie.

Pero un giro en los acontecimientos supuso una auténtica conmoción para su publicitada vida. Era posible que Brittany no fuera la mujer más adecuada para convertirse en reina… ¡pero llevaba un su vientre un heredero de sangre azul!

ESCÁNDALO EN LA CORTE

CAITLIN CREWS

Deseo

Pasión escondida
Sarah M. Anderson

Como primogénito, Chadwick Beaumont no solo había sacrificado todo por la compañía familiar, sino que además había hecho siempre lo que se esperaba de él. Así que, durante años, había mantenido las distancias con la tentación que estaba al otro lado de la puerta de su despacho, Serena Chase, su guapa secretaria.

Pero los negocios no pasaban por un buen momento, su vida personal era un caos y su atractiva secretaria volvía a estar libre… y disponible. ¿Había llegado el momento de ir tras aquello que deseaba?

Lo que el jefe deseaba…

Serás mi esposa

Esther Abbott se había marchado de casa y estaba recorriendo Europa con una mochila a cuestas cuando una mujer le pidió que aceptase gestar a su hijo. Desesperada por conseguir dinero, Esther aceptó, pero después del procedimiento la mujer se echó atrás, dejándola embarazada y sola, sin nadie a quien pedir ayuda… salvo el padre del bebé. Descubrir que iba a tener un hijo con una mujer a la que no conocía era un escándalo que el multimillonario Renzo Valenti no podía permitirse. Después de su reciente y amargo divorcio, y con una impecable reputación que mantener, Renzo no tendrá más alternativa que reclamar a ese hijo… y a Esther como su esposa.

SEDUCIDA POR EL ITALIANO

MAISEY YATES

5